MIS FITS

ミツナガ　アキヒロ
Mitsunaga Akihiro

文芸社

目次

第一部

第二部

第一部

目

「あなたの素敵なその目の写真を撮らせてもらえませんか？」というたったこの一言の、なんでもない言葉を言おうとするのに、これっぽっちの迷いも遠慮もいらないはずなのに、一体僕はどれほど悩まなければならないのか、そして一体どこまで悩み続けるつもりなのか（この不条理極まる現代日本社会において、その不条理を上手くかわすことなく純粋にすべてを受け止めようとして悩む過程、僕の細かい思考自体がこの小説を形成しているともいえるだろう）、前者は社会的な問題であり、後者は僕自身の性格と、傷つきやすい性質の問題でもあるが、両者はともにその問題の深刻さを極めており、また複雑に入り混じっているため、僕はもはやその素敵な目を思い出すことさえ避け始めている。たったこの一言を言おうとすることを考えるだけで、ぱっくりと割れた傷口に触れる程の激痛が走る。もちろん、僕がこの言葉を言おうとしている相手が、すでにじゅうぶん仲の良い人であるならば、このように心に激痛が走って苦しむことなどあり得ないだろう。実際には相手のことをほとんど知らないどころか、顔見知りとさえ言い難い異性に伝えようとしているからこそ、苦しいのだ。

このように述べてくると、まるで中学生か高校生の初恋の苦しみのようにも聞こえる。ばかばかしい程に単純な話なのかもしれない。しかしこれは例えば、成人がはしかに感染すると子どもの場合よりも重症化しやすいのと同様に、大人が初恋のような種類の病に感染した場合、中学生や高校生よりも重症化しやすいと言えるのかもしれない、とそう言いながらも、このたとえは厳密には間違っていることは分かっている。はしかは一度感染して発症すると、抗体ができて生涯免疫が続くとされているので、成人がはしかにかかるのは、子どもの時にはしかに感染せず、ワクチン接種も受けていない場合に限られることになるわけだが、これを恋愛にそのままあてはめるのならば、初恋やそれに続く一連の恋愛の経験が若い時分になく、成人になってからの性風俗店などでの恋愛疑似体験もしていない場合、恋愛に対して免疫が無く、大人になって初恋に落ちた時に重症化するという、この部分はまだ正しいとしても、一度恋愛をすれば、抗体ができて一生免疫が続くということはそもそもないだろう。確かに何度も恋愛を繰り返していけば、徐々に免疫はついていき、恋の始まりの高揚感あるいはコンプレックスなどによる苦しみ、失恋の悲しみ、喪失感は若い頃よりは幾分楽になるかもしれないが、苦しみがなくなることはない。それに果たして僕が恋愛において免疫のないパターンに該当するのかと言えばそうではないので、つまり恋愛をはしかでたとえることは打って付けとはいかないが、しかし全く似ていないわけでもない。例えばはしかは2～4日の風邪に似た症状の後、一気に39度を超える高熱が出るが、恋愛においても、2～4日のもやもやとした初期症状の後、39度の傾斜を転げ落ちるように相手に向かって一直線に好きになってしまうことが、特に若者にはありがちだと思う。しかしそれが今年の2019年10月25日で35歳になる僕が、おそらく10歳程年下の女性に心を奪われた今は、それはなぜか39度の傾斜を転げ落ちるような恋ではなく、まさに39度を超える高熱に浮かされているかのように譫言《うわごと》を言い始めたのだ。その原因は摂氏百度を超えるほどの怒りが心に込み上げてきたからである。

その怒りとはもちろん複雑なものだ。相手の女性に対して純粋に込み上げてくるものではない。もしそうであったとすればそれはそれでかなり複雑に入り組んだ感情といえるだろうが、僕が怒りを感じるというのは、「あなたの素敵なその目の写真を撮らせてもらえませんか?」という一言が、一般常識に照らし合わせる限りにおいて、十中八九断られるだろうと想像がつくことである。ここは正確に言うと、断られることが腹立たしいのではないのだ。一般常識的に考えた時に断られるだろうと予測が立つことが腹立たしいのであり、一般常識的に断られるとなると、もう許せないのである。つまり僕は、一般常識が許せないのである。僕はある歯科クリニックの患者であり、相手の女性はその歯科クリニックで歯科助手をしている。彼女は僕好みのショートカットでとてもかわいい顔をしているだけではなく、髪の毛の色や艶を見れば、普段どれほど手入れをしているかがよく分かる。化粧も丁寧にしている。表情も明るく、決まった恋人が彼女にいようと不思議ではないと思う。しかし、個人的なささやかな希望として、彼女には恋人はいないのではないかと想像したりする。

　その根拠としては、まず、薬指に指輪をしていないこと、そして、化粧などに抜かりがないことである。薬指に指輪をしていないことで、必ずしも恋人がいないことにはならないが、ある程度の指標にはなるし、仮に恋人がいたとしても、指輪という記号で他の異性からのアプローチをシャットダウンするということを、意図的にしていないとも考えられる。要するに彼女には恋人がいないか、いたとしてもまだ将来を誓い合ってはいない可能性が高い。この前提を信頼した上で更に考察していくと、いつも髪の毛先や指の爪など細部にまで行き届いた美の意識は、明らかに他人から見られることを意識している。彼女が普段どのような趣味を持ち、どのような交友関係を持っているのかは知る由もないが、一応特殊な例ではなく一般的にまず考えるとして、ごくふつうの生活を送っていると想像してみる。つまり、小さな歯科クリニックの歯科助手を務めて毎日働く彼女に、男性との出会いなど、そう数多くはないと思われるが、それでも彼女の抜かりのない化粧や屈託のない笑顔、キラキラとした目（そう、その独特なのは目である。何にでも好奇心を持ちそうな、汚れのない目をしている）の輝きを見ていれば、彼女が日常生活を送る半径数㎞圏内でいい男と突如出会った時、確実に好印象を持ってもらうための努力を惜しむことなくしているように見えるのだ。

彼女にはおそらく恋人がいない。そして恋を求めている。だからきれいにしている。だからきっと、「綺麗な目をしていますね」と言われて嬉しくないはずがないのだが、「写真を撮らせてもらえませんか？」と突然言われたら、一般常識的に考えて、僕は断られる。それはそうだ、彼女としても、断らなければ一般常識に欠けることになってしまう。しかし、なぜ、「あなたの素敵なその目の写真を撮らせてもらえませんか?」という一言が非常識な言葉になってしまうのだろうか。わかるようで、わからない。たしかに、僕と彼女は歯科クリニック内で数回顔を合わせただけである。彼女の業務的な会話のやりとりに合わせて返答しただけの間柄であり、限りなく赤の他人に近い。だが、「あなたの素敵なその目の写真を撮らせてもらえませんか?」という言葉は、いくら相手が他人とは言え、人を不愉快にする言葉ではありえないと思うのだ。それに、事実、この言葉の裏側には特別な下心もないのである。

もちろん、この言葉をきっかけにして、彼女と恋愛関係に発展したとすれば、それはこの上なく嬉しいことに違いはない。だが、僕がこの言葉を彼女に言いたいのは、ただ、彼女の目がとても素敵に輝いていること、あなたはとても美しいということを伝えたい、そしてその美しさに敬意を表したいという気持ちから生まれた言葉だからだ。これは本当の気持ちだ。しかし、それでも、世の中は僕の言い分を受け入れてはくれないだろう。世の中は、僕の「言葉」を聞いた上で不適切と判断しているのではなく、僕の言動が型破りであるが故に、僕の主張を受け入れないのだ。男性が年頃の女性に声をかけること自体、ナンパと見做されるので、そのような言動は憚られる、というわけだ。しかし、ここで僕が言いたいことは、いわば「目的なき合目的性」の話である。彼女を喜ばせたいという目的を持たず、ただ自分の素直な気持ちを伝えたい、そしてそれが結果的に彼女を感動させることになればよい、恋愛関係に発展したとすれば、彼女に淡い恋心を抱く僕の目的も結果的に達成されるという、この理屈がどうして分かってもらえないのだ。馬鹿なのか。と、いくら僕が憤ったところで、僕が彼女に伝えたい言葉はこの社会では非常識であり、僕の申し出が断られることは明らかであり、それはもうどうしようもないことなのだが、僕は自分の考えが間違っているとはどうしても思えないのでこの上なくもどかしく、だいたいさっきから一般常識、一般常識とうるさいが、一般常識とは何のことだ、僕に悪意がないことは、僕の目を見てくれればわかるだろうし、一般常識的にではなく、僕の目を見て判断してほしいものだ、と興奮しているうちに、しかし一般常識の世界に住む彼女からすれば、「あなたの素敵なその目の写真を撮らせてもらえませんか？」という申し出をどうしても断らなければならない、なぜなら、好きな人に一般常識が欠けていると思われることは、きっとつらいことに違いないからだ、と、譫言《うわごと》を言い出しているのだった。

明学前

（譫言が始まりだしてから数日後のこと。）

「僕が今、自分の部屋で、ノートパソコンに向かってキーを打ちながら小説を書いている」ということ。確実なところから書いていくのならば、まずこの一文からしか書けないほどに、僕の心は今不安定でいる。どうしてそうなってしまったのか、正直わからない。

「なぜおまえは人を殺したんだ？」

「わからない。」

そう、その感覚と同じだ。わからない。

僕の今の不安定さといったら、ひどいものなのだ。いつものように、生活をしている。コンビニエンスストアにて買い物をしている。とるにたりないなにかをレジに持って行く。顔なじみのおそらく店長と思われる年配の女性が、客に対する言葉遣いではなく、気安くだしぬけに話しかけてくる。

「私たちがね、明学前から引っ越してきたでしょ。いろいろと大変なこともあったわよ。」というわけだ……。

もうこれ以上この話をしたくはない。もう充分に僕の今の心の不安定さというものは伝わったと思うからだ。しかし、ここで引き返して、ではどうしてこんなにも不安定な精神状態になってしまったのかといえば、やはり分からないとしか言えない。

このまま不安定な精神のままで話を続けたくもないし、なぜ不安定になってしまったのかも話せないからこの話はここで終わりにするしかない。だから、そっと蓋をしようとすると、それはそれで跳ね返してくる何かがあるからぐったりしてしまう。

しかしその跳ね返してくる力こそ、僕が今小説を書いている動機であって、ある意味、最も無視してはならぬものだろう。その正体を覗き見ようとしても、なぜだか相手は顔をそむけてしまう。そこで僕は反対に回ってその正体の顔を真正面から見てやろうと回り込むと、明学前に出てしまった。なんだかすごく嫌な予感がした。

明治学院大学を略して明学と呼ぶことがあるので、おそらく、明学前とは明治学院大学前を意味しているのだと思う。明大前と言われれば、京王線と井の頭線が通っている明大前駅があるので、大体あの辺りかと一般的にわかるが、明学前は明治大学前を独自の言い方で明学前と言っていない限り、多分明治学院大学前を意味しているとしか思えないのだが、そもそも僕が今住んでいる場所は札幌であるから、なぜ札幌に住む僕に対して、その様なローカルな、そこに住む者にしか伝わらないような言い方をしてきたのか。あとから考えると不思議な点はいっぱいあるし、怪しむべき点もたくさんあった。明学前という半分謎の場所。僕が東京に住んでいた経験がある事を知っているかのような言い方。もっと言えば明治学院大学文学部芸術学科を受験したことがあることさえ周知のような言い方。そしていくら顔馴染みとはいえ、コンビニ店員と客の関係としてはいくらなんでも気安すぎる言葉遣い。ざっとこれだけの不審な点が挙げられる。更に突っ込んでマニアックに考えれば、「〜から引っ越してきたでしょ、（そりゃ）いろいろと大変なこともあったわよ。」という文脈で文章を作る場合、一般的に考えて「〜」に入るふさわしい場所はど田舎のどこかではないだろうか。あんなにも辺鄙《へんぴ》なところで仕事も人手もない中で暮らしてきたけれど、これ以上どうにも生活が成り立たないから、住み慣れた土地をいい年をしてから離れてこうやって都会に出てきて、コンビニでなんとか生計を立てている、そりゃあんた、いろいろと大変なこともあったわよ。この文脈なら理解できるのだが、明学前が明治学院大学前だとすれば、港区じゃないか。やはりどう考えても、僕の目の前で展開されたことは、あまりにも内容がおかしすぎるのだ。しかし、僕からすればこの世の何もかもがおかしく見えるから、今日の前で起こっている不可解な出来事は、どこか安心感を与える不条理であった。

「私たちがね、明学前から引っ越してきたでしょ。いろいろと大変なこともあったわよ。」と、とにかく店長は僕にそんな意味不明なことを話しかけてきた。すると彼女はやや呆れた顔で、カウンター内の脇に置いていたスパゲティを取り上げ、僕の目の前にドンと置いた。僕がいつもよく買うものである。

「防犯カメラが高い所にいくつも取り付けてあるの。上手くやったつもりでもね、しっかり映っているのよ。はっきりとばれているのよ。」

そう言いながら、茶色いレジ袋を広げると、以前に僕が盗んだというスパゲティと同じものを中に入れて、僕に渡す準備をした。

「他にはやってないわよね。確認すればいずれわかることなのよ。大丈夫よね。」

たった一回きり、魔が差してしまったのよね、何か特別な理由があったのよね、信じているわよ。そういう表情をしていた。私たちも人生大変な目にはたくさん遭ってきた、明学前からも引っ越してきた、だからあんたの苦しみもわからないではない。間違えることだってある。だから、一回だけ見逃してあげる、そしてあんたの大好きなこのスパゲティ、特別に一つあげるから、もう二度と盗みなんてするんじゃないよ。と、そういう話だったのだ。僕自身に全く覚えが無いのは、きっと自分が都合よく事実を曲げてしまったからなのだろう。なぜ、そんなにも簡単に自分の非を認めるようなことを言うのか？　もちろん、僕は盗みなど決してしていない。しかし証拠がない上に、コンビニ側には防犯カメラに僕が盗みをしている映像が証拠としてあるのだろう。だから諦めた、というわけでもない。僕は盗みをしたとか、していないとか、そんなことに興味もない。僕はただ悲しいのだ。僕は実際盗みなどしていないのだから、コンビニ側の何かの間違いに違いないのだが、そんなことよりも、もし僕が盗みを働いている証拠がはっきりと映っているというのならば、僕が店内に落ちているレシートのごみを拾ってレジカウンター上の脇にある「不要なレシート入れ」に捨てたり、募金をしていたり、店の外に落ちている誰かが故意に捨てたと思われるごみを、衛生的に問題がない限り、自宅のごみ袋に捨てるために拾って持ち帰っている場面も防犯カメラに映っているはずではないか。そんな人間が、平気で盗みを働いたりすると思うのか。いや、そんなはずがないと思うのならば、きちんと確認してくれればよいではないか、そうすれば、僕が盗みをしたというのはコンビニ側の誤解であることがすぐにわかったはずだ。なのに、とんでもない濡れ衣を着せられていることがただただ悲しく、僕が盗みの犯人だと強く主張するのならば、別にそれでいいよ、すみませんでした、という気分であった。他にはやってないわよね、と言われ、店から出た後、曇り空の下、窓越しに店内を眺めながら、他にも盗んでいないか考えているような始末であった。

マンション

２０１９年11月14日、札幌に初雪が降った。僕がいつもの歯科クリニックから帰っている途中、後ろから小さな子どもたちが初雪ではしゃぎながらこちらに向かって駆けてきた。交差点で信号待ちをしていると、子どもたちは僕に追いつき横に並んだ。

おそらく小学校4年生くらいの、10歳前後と思われる3人の女の子たちだった。何気なくその女の子たちの方を見ると、日本人とヨーロッパ系白人とのハーフと思われる女の子が僕の隣に立っていた。肌は白く髪の毛は少し茶色くて、目のぱっちりとした女の子だ。帽子を被っていなかった彼女の頭には雪がうっすらと積もり、「さくらちゃんのあたま、まっしろ～」と他の2人の子たちがケラケラと笑う。まだこの子たちは互いの美醜に執着していない。間もなく失われていく純粋な心で、友達として接することのできる短い時間を3人は共有しているのだと思った。

僕は子どもたちの方を振り返ることなく横断歩道を渡ると、自宅とは逆方向の左にあるコンビニエンスストアに向かって歩いていた。しばらく歩いてコンビニに近づいた時、後ろから小学生らしき人物がガチャガチャとランドセルを揺らしながら急接近して来たかと思うと、そのまま猛ダッシュで僕を追い抜いていき、それがさくらちゃんであることに僕はすぐに気がついた。彼女は僕の数m前方でピタッと足を止め、クルッと振り返り、2人の友達の様子を確認したであろう後、再び進行方向に戻りゆっくりと帰路につき始めた。僕はその様子をぼんやりと眺めながら、心がざわめくのを感じた。コンビニの中に入った瞬間、今度は僕がピタッと足を止め、我慢できずに踵を返してコンビニから出ると、すぐにさくらちゃんを捜し始めた。コンビニの角を右に曲がると、10mほど前方をさくらちゃんが歩いていた。僕は瞬時に考えを巡らせた。

今、頭上には粉雪が舞っている。地域的に寒さには慣れているとはいえ、歯医者に行って帰ってくるだけのつもりで外に出て、それほど厚着はしていないから、さくらちゃんの追跡が長くなると寒さに耐えられなくなるかもしれない。しかし、そこはまだ我慢でなんとかなるにしても、仮にさくらちゃんがこれからの家路に10分以上掛かるとして、その後ろを薄着の僕がずっとつけて歩くのは誰かに怪しまれる可能性が高いだろう。例えば、この寒い外を半袖のTシャツで歩く人を見かけたとしたら、きっとその人はさっきまで暖かい室内にいて、ごみ出しなどの用で短時間外に出た後すぐに室内に戻るというシチュエーションに、自分が偶然出くわしたのだろうと考えるのがふつうである。つまり、この寒い気温で薄着の人を見かけたら、きっとすぐにその人はどこかの建物の中に消えてくれなければならない。僕が今考えていることは、自分が今ここにこの薄着の格好で歩いていることが、自然なことなのかどうかということだ。僕はこのコンビニエンスストアの角を右に曲がった路地を歩いたことはない。

つまり今自分がどういう状況で歩いているのか把握できていない。小学生がこの道を歩いているということは、おそらくあの辺に住んでいるのだろうという予測が僕には立たないのだ。しかし、この通りを歩いている人は、この近辺に住んでいる、この辺りの事情に詳しい人たちばかりだろうから、僕が今ここを歩いていることがどこか不自然であれば、一発で見抜くはずである。

だから僕は知っている限りのこの近辺の情報を頭の中でつなぎ合わせ、整理した。

進行方向の目の前に見える立派なマンションの向こう側には大きな公園があるはずだから、あのマンションが進行方向の行き止まりと考えて良いだろう。もしさくらちゃんがあのマンションの方向へ消えていけば、そのさらに向こう側へ歩いて抜けて行くとは考えにくい。つまりこのままさくらちゃんが真っすぐ歩いて行けば、あの高級マンションの一室に住んでいることになるから、その後をずっとつけていくのは非常にまずい。この薄着の格好でマンションの前まで歩き、女の子がマンションの中に入って行くのを見届けただけで引き返すところを誰かに見られるのは、望ましいことではないだろう。誰かに怪しまれて当然である。だから、あまりに接近し過ぎるのは良くない。しかし、さくらちゃんがあのマンションに住んでいないのであれば、今歩いているこの通りに面した建物に住んでいることも考えられる。その場合、余計に距離を取り過ぎていれば、今度はどの建物に入って行ったかわからなくなってしまう。さくらちゃんの住んでいる家をつきとめるのはなるべく今のうちに済ませたいから、それなりに距離を詰めておかなければならない。そして更に考えられることは、さくらちゃんがこれから何度も左折右折を繰り返し、どこへどれだけの時間歩くのか全く見当がつかなくなるパターンだが、多分その可能性は低いだろう。ヒントは進行方向の向こう側にはコンサートホールなどもある非常に大きな公園が広がっているということだけだが、それだけで情報としては充分に思えてきた。奥行きはないのだから、さくらちゃんが移動するとしたら、左右のどちらかである。その移動距離が長いのならば、このコンビニエンスストアの角を右に曲がった意味がない。つまりさくらちゃんがこれから10分以上も歩くことはないが、しかし追跡しているうちに路地ならではの袋小路が突然現れて、さくらちゃんに僕がつけていたことがばれる危険性は考えられる。

結局僕は自分が置かれている状況がわかったようなわからないような状態で、どれくらい距離を取ればよいのかはっきりしないまま、次のヒントが出るまで様子を見て歩くしかなかった。

僕はこれだけの事を数歩歩く一瞬のうちに考えたのだが、さくらちゃんが路地を右に曲がったその瞬間、僕は考えることを一切やめ一気に足を速めた。さくらちゃんを見失わない為でもあるが、何よりもさくらちゃんの家がもうかなり近いことが感覚的に分かったからだ。さくらちゃんが道を右に2回曲がったのは考えれば不自然なことである。コンビニの手前で右に曲がり、次の角を左に曲がった方が距離的に近いはずなのだ。おそらく、比較的広くて人通りの多い安全な道を選んだ結果、右に2回曲がる少し遠回りのコースを親が選んだのだろう。果たしてさくらちゃんの家は路地を右に曲がってすぐの4階建てのマンションの一室にあった。もちろん、何号室の部屋に住んでいるかまではわからない。

僕がどうしてさくらちゃんの後をつけたのかは正直自分でもわからない。しかし、おそらくだが、僕はさくらちゃん自身もまだ気づいていないかもしれない寂しさに同情したのだと思う。さくらちゃんはきっと、自分がコンビニエンスストアの角を曲がるまで、友達に見ていてほしかったのではないかと思うのだ。さくらちゃんがすごいスピードで走っていたのは、友達がまだ見てくれていると思ってはしゃいでいたようにしか思えない。さくらちゃんが後方を振り向いたときの顔には、まだ友達を見つめる表情が残っていたことを僕は感じ取っていたのだ。そしてもう一つ、速く走らないといけない理由があったとすれば、それは友達を待たせないために違いない。きっと「さくらちゃん足はやーい」と言って笑ってくれている友達を待たせない為に、そして友達の笑っている顔を早く見たくて速く走っていたのに、その思いは伝わらず、友達はもう自分を見てはいなかった。その寂しさに、今はまださくらちゃんはそれほど自覚的ではないだろうが、その様子を目にしただけの僕の方が悲しくなってしまった。しかしこの寂しさはそのうちにさくらちゃんの心にも積もっていくだろう。頭の上に積もった雪はひんやりとして気持ち良く、友達と笑い合っていたのに、そのひんやりが心に触れるとさくらちゃんの目は凍りついてしまうだろう。その冷たい目は、一種の魅力を帯びるだろうが、本人はひたすらその冷たさに耐えるしかなく、いつかは耐えられなくなる時が来るのだ。頭の上にどんどんと積もっていく雪がストンと心臓に落ちる時、心は簡単に壊れてしまうだろう。そして自分が誰よりもかわいい顔をしていることに気付いた時、さくらちゃんは世の中を憎んでしまうだろう。自分がハーフのかわいい顔をしているが故に、自分はつらい目に遭っているのだと気付くからだ。周りには自分よりもかわいくない女の子たちばかりで、そんな女の子たちが一番住みやすい世界が作り上げられていることに気が付き、多数決の大きな罠を知ることになる。この世は弱いものを中心に作られている世界であって、弱い者いじめはだめだが、強い者いじめは咎められない社会である。つまり、かわいくない女の子たちの世界において美女は、なかでも特にヨーロッパ系白人の血を引くハイスペックなハーフの子たちは、理不尽に妬まれ、いじめられる。弱者は自分たちの居場所を確保するために、特殊な人間におびえ、同時に彼らを全否定し排除する。そして、弱者たち中心の社会では、弱者である自分たちができることは、皆出来て当然であり、自分たちができないことは、できなくて当然という勝手なルールが作り上げられ、それが社会の一般常識としてみなされるようになる。つまりさくらちゃんは周りの子たちよりもとびぬけてかわいいが故に、社会からは守ってもらえなくなる。そして、ブスどもに邪魔され た人生を恨み、強烈な復讐心の副産物として発生する強い自己承認欲求に支配され、誰かに抱かれている時にだけ、幸せを感じるようになるだろう。最初はただ、友達に見ていてほしかっただけなのに。冷たい目をしたさくらちゃんは異様に魅力的で、しかし本人はそのことには気づかず寂しさでいっぱいだから、その寂しさを埋めるためには何でもしてしまうにちがいない。悪い大人に騙されて、どんなことをさせられるかわからない。だったら、そうなる前に僕が抱きしめてあげたいと思った。別に僕なら救ってあげられるなんて言わない。僕がしてあげられることは、さくらちゃんの堕落に付き合ってあげることくらいだろう。僕がしてあげられることは、僕が悪い大人になってあげることくらいだろう。さくらちゃんの淫らな喘ぎ声によって、さくらちゃん自身の承認欲求が満たされ、さくらちゃんに同情した僕の心も満たされていくのなら、僕は成熟したさくらちゃんの裸体を愛撫し、しっかりと調教してあげたい、きっとそんな思いを抱きながら、僕はさくらちゃんの後をつけていたのだろう。僕はさくらちゃんが住んでいるマンションの前で足を止めて、見上げた。打ちっぱなしのコンクリートの冷ややかさは、まるで僕の存在を拒むかのように感じられた。

その日の夜11時ごろ、僕は iPhone X に収めてある写真を眺めていた。僕の iPhone X には、今日２枚の写真が追加された。目の写真は黒目の大きなにこやかな写真で、建物の写真は、打ちっぱなしのコンクリートの冷ややかな写真だ。そして僕はふと思い出すのだった。歯科助手のお姉さんがこっそりと恥ずかしそうに僕に言った言葉を。

「その素敵な目の写真を撮らせてもらえませんか？」

「……カラコンですけど、いいんですか。」

まさかそんな言葉を聞くことになるとは思わなかった。高熱の僕には、まるでいずれ素顔を見せることになることを前提にしたかのような言い方に聞こえなくもなかった。その言葉は僕を甘い想像の世界へと誘ってくれたが、しかし実際にカラーコンタクトをはずした目を見たら、その目の奥にも、もしかしたら、隠された何かがあるのかもしれない。

僕は食卓テーブルの椅子に座って、マグカップに注いだインスタントコーヒーをすすった。窓の向こうには冷たい夜空が繋がっている。

祭り

6月14日の神宮例大祭の夜、ミツナガアキヒロは中学校で社会科の教師をしているガールフレンドを介して知り合った中学生の少女と祭りへ出掛け、2人で出店を見て回り、ねぎ焼きや焼きそばの行列に並んで買って汗を拭いつつ食べた後、それまで付かず離れずの距離だった2人はお化け屋敷で急速に距離を縮め、お面を買ってじゃれ合い、人の犇《ひし》めく会場の中をはぐれないように少女の腕や浴衣の袖を掴んでいた手は互いの手を握るようになり、人いきれから解放された別れ際の公園で「まだ帰りたくない」と言う少女の背伸びをした発言を受け入れ、2人はそのまま禁断のラブホテルへと入って行った。読者諸君はそれをいかにも自然な流れに思われるだろうが、他ならぬ彼自身は今、何やら腑に落ちない思いでいるのである。

つまり「祭りとは一体何なのか」という疑問が急遽頭を擡《もた》げてきたのである。そもそも今宵のような神宮例大祭の場合、「祭り」は本来「祀り」であるはずなのだ。「祀り」とはすなわち神霊を慰める儀式のことである。それと自分が少女と交わることがどう関係するのか、どこがどう自然なのかわからない。まさか、性交することによって少女が繁栄の神へ捧げられる生贄になるとでも言うのか。ならばその為には少なくともコンドームの使用は許されないだろう。一般には「祭り」は「祀り」から派生したものだと信じられている。しかし、それは本当に正しいのか。本来全く異質なものを由来とする「祀り」と「祭り」が、混同されているように思う。そこで彼は今一度日本語の言霊に敬意を払い、「まつり」という言葉の一音一音の響きから感じることを考えてみようとする。ただ、断っておくがその試みは決して心穏やかな時に冷静に思考のメスを銜《くわ》えてなされるものではない。女子中学生の綿密な性的観察による懸命かつ入念なるオーラルセックスの快感に浸りながらの思考を余儀なくされている。当然その思考は大切なところでせっかちになりがちであり、帰結するところは初めから見当が付けられているようなものになってしまいそうではあるが、それも臨場感には事欠かないだろう。

「ま」：この状況では当然「魔」が思い浮かぶ。字義には、①人を惑わす悪い鬼、②一事に熱中して本性を失うこと、とある。まさに今、彼は①によって②の危機に瀕しており、更に今、攻守交替となって少女の性器が目の前にあっては「ま」は女性器の俗称である「まんこ」の頭文字であることも無視できなくなった。艶やかに濡らしたピンクのまんこは、男の理性を失わせる「魔」であると同時に、全てを生みだす母性の象徴、つまりは神を意味してもいる。これを矛盾と捉えず、神はその内に魔を内包すると解釈することは重要かもしれない。次に「つ」:「津」。みなと。人の多く集まる場所。最後に「り」:「裏」。すべての裏側、内側。すると以上のことから「まつり」の真相は案外簡単に導くことができる。「祀り」:港で、航海や漁の無事を祈念し、魔を祠の内側に封じて、神として安置すること。「祭り」:大勢の人の中（世の中）に潜む魔物に翻弄され心の内側をさらけ出すこと。

ひとまずこのあたりが据わりの良い解釈と言えるだろう。これで今の自分の状況も自然に説明が付くはずだ。だが何はともあれ、まつりが、祀りだろうが、祭りだろうが、この世ならざる「神」か「魔」と感応する日であることに違いはなく、濡れて大人びた少女の性器と固く勃起したペニスが合体している最中の2人の脳内が完全に「神」か「魔」と感応している状態にあることも疑う余地はない。ベッド上での祭りのピークに2人は互いの脳髄が溶けだして一体化するような気分になっていた。少女はその夜、繁栄・創造の神に捧げられ、大人の女性の入り口に立った。ミツナガはコンドームの使用が許されなかったために口内射精をしたと同時にとりあえず自身の内側に潜む魔を鎮めることができた。少女の口から体内に奉納された精子は翌日には排泄され、2人は日常の生活に戻って行く。明け方、ラブホテルから多くのカップルが出てくる。路上には少女と同じく皺の付いた浴衣を着て朝帰りする数人の女性の後姿があったが、その中にはもう子どもの姿は見当たらない。そうして今年の祭りも終わって行くのである。

優しい担当者との会話

とりあえず、今回の新たな小説『MISFITS』をざっと読ませていただきました。確か、最初は『MISFITS』ではなく『二枚の写真』というタイトルの小説で、『目』と『マンション』の二部構成でしたよね。そこに『明学前』と『祭り』という2つの新たな物語が追加され、全体的に加筆もされたわけですね。4篇の独立した短編小説集のようにも読めるし、全体で緩やかに繋がっているようにも感じられるし、この微妙なバランス感覚は絶妙で、オリジナリティに溢れていると思います。このオリジナリティは、間違いなく武器になるものですし、また、作品の特徴として、ある単語を構成している文字を分析して書くことを他の作品でもよくしますよね、それも非常に個性的で、その文章を読んだだけで、作家が特定できるようなものなので、これも同じく武器になるものだと思います。……ただ、文学新人賞を狙う上でこれらのオリジナリティが有利に働くかという点では、微妙ですね。たしかに、どこの新人賞も、「既存の枠に収まらない、新進気鋭の作家の華々しい登場を期待しています。」というようなキャッチコピーがありますが、実際は、商業的に成立するかという視点もやはりポイントになってしまうんですよね。つまり、結局、読みやすく分かりやすい小説が受賞しやすいという傾向はあるわけです。例えば、トランスジェンダーなどの難しいテーマを取り扱った作品だとしても、文章表現としてはそんなに複雑ではなく、わりと簡単にさらっと書かれていたりすることが多いわけです。今回の作品を読ませていただいて、新人賞をかなり意識しているんだな、という気持ちは伝わってきました。比較的分かりやすいテーマを取り扱っていますし、それに、最初に原稿を読ませていただいた際の『二枚の写真』というポップなタイトルからもその気持ちは窺えました。

かなり、読者の関心やとっつきやすさ、読みやすさ、分かりやすさに気を遣われているなと思いました。また、その後『明学前』と『祭り』が追加されたことで、やはり最初の『二枚の写真』ではあまりにも自分の個性がなく感じられたのだろうと察しました。『明学前』と『祭り』を挿入することで、少し普段のミツナガさんの土俵に近づけたという印象を得ました。ということは、やはり今回の作品はご自身では許せないほど無難であると感じていらっしゃるのでしょうが、個性のブレーキを踏んでいるつもりでもまだ十分に個性的な文章なので、新人賞を狙うのであれば、文章表現自体をもう少し読みやすくするとよいのかな、とは思います。しかし、それは作家の個性の否定にもつながってしまい兼ねないので、アドバイスするにしても非常に難しい点ではあるのですが。新人賞を狙う上での私のアドバイスと感想はだいたい以上のとおりです。

それにしても、『明学前』と『祭り』のストーリーは非常に不穏な空気感が漂っていて、惹きつけられますね。ただ、この2つのストーリーを挿入するという実験的な試みが、新人賞の作品選考の段階で嫌われることも考えられますが。『明学前』の方は、まだ作品の意図が分かります。社会の一般常識に馴染めない主人公の「僕」が、原因不明の精神錯乱に陥り、夢か現実かわからないような世界に迷い込んでいるんだな、ということがはっきりとわかります。一方、『祭り』の方は一体どのような意図で小説のラストに持ってきているのでしょうか。私個人の意見としましては、このような謎の終わり方があってもよいと思いますし、『祭り』は一見非常にぶっとんだ作品のようでいて、構成は緻密で、物語の終わり方もすごくきれいですので、読後感も悪くなく、一種の爽快感のようなものさえ感じられ、そのせいか『祭り』のストーリーがそれまでの物語と無関係であることも忘れさせられるような説得力さえ感じました。おそらく物語自体は『目』『明学前』『マンション』までで終わっていて、そこに何も関係のない作品をぶつけてきた、という印象です。『マンション』のラストで夜空がアップになりますので、「少女」と「夜」をキーワードとして共有している作品を、特に意味なく取り合わせてみたといったところでしょうか。さらに言うのであれば、『MISFITS』以前の『二枚の写真』の段階では、不穏な空気感はかなり控えめにされていましたが、『明学前』で一気に不穏な空気感が前面に押し出されましたので、その不穏な空気感に共鳴するような形として、作品のラストに『祭り』を持ってきたか、あるいは、不穏な空気感のダメ押し的な意味合いで、『祭り』をラストに持ってきているのかもしれません。どちらにしろ、『祭り』はその機能性が最重要であって、ストーリー自体は特に脈絡のない関係のないものなのではないでしょうか。

しかし、あるいはまた、『祭り』もそれまでの物語と関係しているという読み方もできないでもないです。『祭り』の主人公はミツナガですが、それまでの「僕」と同一人物とも読めます。この場合、特に重要なのは日付です。『マンション』において、主人公の「僕」がさくらちゃんと出会ったのは２０１９年11月14日と明記されていますが、『祭り』においては「6月14日の神宮例大祭の夜」としか書かれてなく、何年のことなのかは分かりませんが、まず間違いなく、この祭りの日は、２０１９年以前のことと考えられます。なぜなら、２０２０年6月は、新型コロナウイルスの全国的・世界的な大流行により、「人の犇めく」大祭は開催中止になっているはずだからです。ちなみに、現在は２０２１年3月ですので、未来のことを書いていない限り、『祭り』の舞台は２０１９年以前と考えるのが妥当となります。その上で、主人公の「僕」とミツナガが同一人物だとすると、話の意味合いはかなり変わってくるのです。一つの物語が『マンション』までで終わっているとすれば、主人公の「僕」は、ハーフという特徴を持つさくらちゃんが、これから徐々に社会に馴染めなくなっていくだろうという予感を抱いて、同じように世間の一般常識に馴染めずにいる「僕」はさくらちゃんに強く同情したが、現実には、歯科助手の大人の女性に恋心を抱いている、と解釈できます。ちなみに、これなら『二枚の写真』というタイトルがしっくりくるかと思います。しかし、「僕」がミツナガであったとするのならば、「僕」の証言はかなり信憑性が薄くなってくるでしょう。そもそも少女に対して変態的な趣味を抱いていたのならば、「僕」は純粋にさくらちゃんに同情していたのか、端から変態趣味で尾行していたのか、判断を付けるのは難しくなってきますし、また、変態趣味と同情の混在もあり得ますから、かなり多様な読みができるようになります。このように考えると、タイトルを『二枚の写真』から『MISFITS』、つまり「環境に上手く順応できない人」、要するに「社会不適合者」へと的を絞ったのも個人的には頷けるわけです。ちなみに、かなり細かいことですが、タイトルはmisfit（s）と複数形になっていますから、これは主人公の「僕」以外にも「社会不適合者」が登場人物の中にいることを暗示しているのでしょう。それは、将来のさくらちゃんのことなのか、あるいはカラーコンタクトを外した時の歯科助手のお姉さんのことなのかもしれませんし、あるいはまた、世の中にはミツナガのような社会不適合者が多数いるということを訴えているとも考えられます。

そしてこのようにいろいろと考えてくると、今の話とは関係のないところで一つ疑問が浮かんでくるのですが、『マンション』において、「コンビニの中に入った瞬間、今度は僕がピタッと足を止め、」と書かれてありますが、それは『明学前』の「盗み」と何か関係があるのではないか、と思ったりもしました。テキストにないことを読もうとするのはいけないことですが、さくらちゃんの追跡と同時進行で、「盗み」の話の展開もあると、読者としては楽しいかもしれませんね。どこまでが現実で、どこからが幻想なのかわからなくなる感じが一層強まり、それゆえ、iPhone X に残された**二枚の写真**のリアルさもまた、より一層強まるように思います。ついでにもう一点言わせていただくと、歯科助手のお姉さんの目の写真を撮らせてもらうシーンのやり取りがものすごくあっさりと書かれていますが、もちろんそれは意図的なところがあってのことと思いますが、もう少し詳しく描写があってもよかったのかな、とも思います。

ところで、この作品は『明学前』と『祭り』が追加されたにしても、かなり短い作品ですよね。そもそも、この作品はどうしてこんなに短いんですか？

「それは、この作品が映画化になったときに主人公の〝僕〟役をフリスト・フリストフが演じてくれるイメージで書いていてたんですけど、彼、薬物過剰摂取で死んでるんですよね、もうずいぶん前に。ははは。」

PINKY PANIC

「もしもし? はい、ラジオネーム、ピンキーパニックです。16歳です。M農業高校に通ってます。……はい、学校内でも凄く盛り上がっています。うちの野球部が初めて甲子園に出場することになって、もう……はい、私の知り合いがその野球部員で……いや、友達、というか、実は、えっと彼氏なんです。春頃から……M農2年の……イニシャルですか? えっと、いや、それ絶対バレますよね。」

全国高等学校野球選手権大会。通称、夏の甲子園。F県立M農業高校野球部2年の高橋由春は、スタメン4番の強打者としてチームを引っ張り、M農を初の甲子園出場へと導いていった。地元のニュースや情報番組では、連日M農の高橋由春の話題が取り沙汰され、町はにわかに盛り上がった。M農の校舎の屋上からは歓喜の垂れ幕が下ろされ、同校で教師をしている純一も、野球部とは一切関係がないながらも、彼らの甲子園出場に元気づけられた人間の1人であることはきっと間違いなかった。

8月14日の深夜、純一は他人の家にいた。パンツを右足に引っ掛けて、ベッドの上で肉の付いた年増女が下半身を丸出しにしたまま、余韻に浸るようにうつ伏せて、テレビを眺めている。付けっ放しのスポーツニュースでは、その日の甲子園2回戦の様子が映っていた。M農は高橋の活躍により、11対1で勝利していた。画面に映る高橋の輝きに今更自分を惨めに感じる程でもなかったが、或いはむしろその事実にこそ少しは動揺したのだった。女の旦那は子どもを連れて、墓参りに実家へ帰っている。もちろん、その嫁が今ここにいていいはずがないが、女は毛むくじゃらの性器を露わにしたまま、目の前にいる。薄暗い部屋でその局部はベトベトに汚れた、黒い何かでしかなく、決して気持ちの良いものではなかった。「高橋くん、いいわぁ、こんな男とやりたいわ。」そう言いながら、女の内腿を透明な精液が伝い落ちていった。「生」をテーマに小説を書こうとすると、気付けば「性」になっている。僕は最初それが気に入らなかったが、最終的には「性」を敢えて避ける必要もないと思い至った。「生」

においては誰もが、「性」と格闘し続ける。その様子を描けば、自ずと「生」を描くことになるだろう、と。暑いので、少し窓を開けて、話題も変えよう。「マジカルアイ」という視力回復法がある。あるイラストをずっと眺めていると焦点がずれてきて最初には見えなかった絵が浮かび上がってくるものなのだが、僕はそれができたことがない。確かにずっと見ていると、最初に見えていたものとは全く異なる見え方が始まり、一種のトランス状態に陥ったような気分になる。そしてついに何かが見えそうになる時、その何かをつかみ取ることを恐れるかのように、焦点はいつも元に戻ってしまうのだ。僕にはそれが本来の自己防御本能に思える。

今、窓を開けて風にあたりながら深夜のドライブをしていると、不意に、いつも走っているはずの道と景色が全く違う世界のものに感じられ始め、不安な気分から元の世界に戻ろうとしていつものFMラジオを点けてみるのだが、もはや手遅れのようだ。「……名字のイニシャルは、Tです。ああもう絶対ヤバい……一線？　一線は、まだ越えてないです。ほんとですほんとです。何もってわけではないですけど、ははは。どこまで？　えっと、でもなんか部活後のマッサージなんかと同じで、……自分でするよりは人にしてもらう方がやっぱり気持ちいいみたいですね。あはっははは、もうこれ絶対ヤバい。」

8月23日14時、甲子園決勝。アウトコース直球142㎞／hの豪速球を高橋がバットの芯で捉え、フルスイングで甲高い金属音が鳴り響き、外野席がドッと盛り上がる。大歓声を上げて、歓喜のあまり跳ねまわるM農の女子高生たち。汗と女子の甘い匂いが入り混じる熱気。1匹の大きな蟻が女子の内腿辺りを這いまわる。対戦校の外野手が走るがボールに手が届かず、また悲鳴のような歓声。1人がホームイン。だが高橋が2塁ベースを回ろうとした瞬間、急に大きな体が地を転がった。また悲鳴が上がる。うずくまったままの高橋に場内がどよめく。応援を続ける応援団。担架が運ばれ、監督もベンチから出てくる。不穏な空気にすっかり脅かされた場内で、女子の身体は冷や汗で急速に冷めていく。不意に内腿にむず痒さを覚えて股間をまさぐり、蟻は一瞬にして彼女の手ですり潰された。

干渉縞

TOSTEMのSKY THEATERは、その精神科病院の常識を変えた。薄暗くじめじめして、排泄物の強烈な臭いが充満する病棟は、自殺の名所とも心霊スポットとも称されるM貯水池の周囲にただ1カ所ある公衆電話ボックス横の駐車場からおよそ常人であれば踏み入ろうとは思わない鬱蒼と生い茂る竹藪の中を、枝葉を窓に擦りながら車で進み、落書きや使用済みコンドームがいくつか散らばるトンネルを抜けた先に、今や廃墟となったラブホテルの横に位置していた。地元の人々はその精神科病院の存在を皆が知っていたが、町にとっては不名誉な為に、長い歴史の中でも、人々の話題に出されることはなかった。しかし時代は変わり、その精神科病院も最近は昔ほど汚く酷い環境ではなくなったという噂が広がり始めた。その根拠の一つが新たに設置された天窓にある。薄暗い病棟のイメージを変えただけでなく、換気の性能も上がり、汚物の臭いも随分しなくなった。その天窓は横に4つ、等間隔に並び、午前10時ごろに最も日が差し込む。ロビーの陰にある椅子にパジャマを着た20代後半の女性が腰かけ、その陽射しを虚ろな目で眺めている。左腕の先には包帯が巻かれ肘から下がない。

　浜辺に流木を挿しておけば、潮が満ちると波に包まれるように、つまり愛も波なのかもしれない。天窓はスリットのように細長く、ロビーの床には濃淡のバランスがランダムに縞模様を作っている。光と光の波動がお互いを打ち消し合えば、その部分だけは暗くなる。

　1ヵ月前まで彼女は地元の企業でＯＬをしていた。入社してからすぐ自分よりも一回り以上年上の上司である林さんという女性と恋愛関係になった。それまで同性に恋愛感情を抱いたことはなく、異性とのセックスに飽きて危険な遊びをしたくなったわけでもない。そして林さんと恋愛関係にあった時も、特別な関係と言うよりはごく自然にそのような状況へ発展した。若い頃は非常に美人だったと思われる林さんの顔立ち、中でも大きな瞳は、他人にある程度の圧迫感を与える程厳しい印象を抱かせた。しかし意外にも林さんは私に優しく、その落差のせいかあっという間に私の心は憑かれたように彼女の奴隷になり、気が付けば意のままに体中を愛撫されるに至っていた。いつでもこの関係を終わらせられる心の距離をとっていたはずが、まるで心に靄《もや》がかかっていくように、時間の経過とともに林さんの表情は甘く感じられ、雰囲気さえ変わっていくようだった。それは当然、自分の恋愛感情による錯覚であって、まさか本当に、腸内フローラの変化によって物理的に変わっていっていたとは思えるはずもなかった。

しかし社内では専《もっぱ》らの噂だったのだ。林さんが根っからのレズビアンでしかも特殊な性的嗜好の持ち主であることが。私がそのことを知らなかったのは、ある意味当然だった。

私の隣の席で仕事をしていた未央奈は、私の知り合いの中で最もセンスが独特で、線も細くて美しく、私の憧れの女性だった。左の薬指には結婚指輪をはめており、結婚しても美しさを保ち続けているところを見ると、本当に理想的な人生を送っているのだろうと、尊敬していた。そんな未央奈とは、年齢が近いこともあり、時には食事を共にすることもあったのだが、今年の夏のある暑い夜、お酒で気も緩んだ未央奈は、「誰にも秘密だよ」そう言って可愛く微笑むと、急にとんでもない打ち明け話をし始めた。実はあの上司と恋愛の関係にあるんだと、そしてあの女はワタシの言いなりなんだと。iPhoneを取り出すと、未央奈は動画を見せてきた。下半身を丸出しにした未央奈はソファの上で後ろ向きにしゃがみ込み、背凭れを両手でつかんでいる。ソファの下には下着姿の林さんが床に座り、ソファの座面のカーブに沿って首を反らせ、大きく口を開け、鼻から上は未央奈の陰部に押し付けられていた。その現場にいた未央奈の夫は未央奈のきれいな肛門とアラフィフ女の口腔内をアップで見事に捉え、音を立てて始まった未央奈の脱糞シーンはノーカットで女の口の中に納まっていった。

その話を聞いたのは夜8時、駅前のビアガーデンだった。暑さと熱気と酒気、お祭りの音と喧騒、サイレンの音、にたっと笑う未央奈の顔を見たとき、私の愛する林さんの顔がまるで整形したように未央奈の顔に似ていることに今更ながらに気が付いた。いつもはきれいに整えられた未央奈のショートヘアーは、湿気のせいでうねっていた。

深夜3時、マンションの玄関の周りには、大勢の野次馬が集まっていた。左腕はほぼちぎれ、恐ろしいほどの出血をしている女が発狂した動物の様な声を撒き散らしながら担架に乗せられ救急車の中へと運ばれていく。夏の夜の刺激と相俟って別の悲鳴も甘く響く。

午前10時、光の波動が一部今日も互いを打ち消し合う。愛も波なら、時には打ち消し合うことも愛の性質。明るい所で絶頂を、暗い所で絶望を感じる人間を宇宙は愛している。

第二部

夢を否定する者と、夢を抱く者

「夢を持って生きなさいと子どもたちに言うけれど、じゃあ自分に夢なんてあるのかと考えたら、そんなものねぇよ！　って思っちゃうんですよね。」と彼は言った。そして、

「夢を叶えられずに挫折して、絶望してしまう人間が、少しでも減ることを願います。」

そんな言葉でプロデューサーの樋口泰人氏の話は締めくくられた。

目の前のものと向き合って、ここをこのようにしてみたら、もっと面白くなるかもしれないという気付きを持つことに、「夢」なんていらないいんだよ、という優しい気

持ちが言葉に表れている。夢を持たない人々。

卓球選手の伊藤美誠《みま》は、卓球ワールドカップにおいて夢というか、優勝するという目標を持っていたと思う。しかし結局は、今、目の前の対戦相手に勝つことだけに全力を出している。試合の展開や相手選手の疲労具合などを見て、また新たなサーブを繰り出す。そんな時に夢のことなど考える余裕はないのかもしれない。

柔道家の出口クリスタは夢を持っていると思う。それは２０２０年のオリンピック出場を目指して、カナダ国籍の取得を決めたからだ。カナダの代表としてオリンピックに出場し、日本人選手に勝って優勝することが夢なのだと思う。非常に素敵な夢だ。国など関係なく応援したくなる。そして実際に彼女は、２０１９年世界柔道選手権大会女子57kg以下級で芳田司を破って世界チャンピオンになっている。夢を抱き目標に着実に近づいている。彼女の場合は、オリンピックに出場するという強い夢がなければ、カナダ国籍取得という選択はしなかっただろう。となると、後に彼女が語っているように、「日本の柔道は武士の精神を引き継いでいる。カナダのＪＵＤＯはスポーツとして楽しむことを大切にしている。私はＪＵＤＯの空気がとても合った。」ということにも気付けなかったことになる。オリンピック出場という夢を抱いていたからこそ、スポーツとしてのＪＵＤＯの良さに気が付けた。そして彼女はこうも語っている。「これからは日本の柔道の良さとカナダのＪＵＤＯの良さをミックスした柔道家になりたい。それを嘉納治五郎先生が作った日本武道館で示したい。」と。

彼女は、自分にＪＵＤＯの空気が合っていることだけでなく、日本の柔道とカナダのＪＵＤＯをミックスさせて、柔道を発展させていきたいという目標を見つけたのだ。客観的に見ると、正直彼女の使命はこの部分にこそあるのではないかと感じる。これがもし、オリンピックで優勝するということに囚われすぎてしまうと、もしその夢が果たせなかった時、彼女は挫折して自身の柔道人生に絶望してしまうかもしれない。だから夢に固執してはならないのだ。目の前のやるべきことを精一杯やるだけで良いとは、そういう意味である。

ここで思い出されることが、この話の冒頭にも少し記した、札幌爆音映画祭における爆音プロデューサー樋口泰人氏の言葉である。

2019年10月4、5日、6日（金、土、日曜日）、札幌市民交流プラザ3階のクリエイティブスタジオにて、札幌爆音映画祭が行われた。5日にはクエンティン・タランティーノの『デス・プルーフinグラインドハウス』が上映され、これは必見と思い観に行ったのだが、その上映前に、爆音プロデューサー樋口泰人氏によるトークがあったのだ。

映画を爆音で観るという試みに特別な疑問など一切抱かず、ただ楽しそうだとしか思っていなかった私だが、それでも私なりに、どのようなことを樋口氏が話すのか大体の見当は付けていた。「爆音で観ることにより、埋もれていた音が聞こえてくる。それにより映画の印象がガラッと変わる、新発見が起こる」と言いたいのだろうと思っていたし、その様な話も実際にあったが、しかし途中から話は意外な方向へ向かったのだ。司会者の「そもそもどうして映画を爆音にしようと思ったのですか。」という問いに、樋口氏は私が考えていた答えよりもやや面倒な方向に話を導いていった。実は爆音映画祭のスタッフからも意見が出ていたという。もともと映画は製作された時点で音のバランスなども最もその作品に適した設定にされているのではないか。それをどうして、音楽ライブ用の音響機材を使用し、部分的に音質を調節し直す必要があるのか。この問いに対して、先程の私の考えはそれほど的外れではないように思うが、樋口氏が何よりもまず主張したことは、既存の映画の音のバランスを作り直して、全く新しいものを表現しようなどという考えは一切ないということだった。彼は、新しいものを作り出してやろうなどといった気概はないということを強調した。そして、「夢」というキーワードが出てくるのだ。

話はやや逸れてゆき、「夢を持って生きなさいと子どもたちに言うけれど、じゃあ自分に夢なんてあるのかと考えたら、そんなものねぇよ！　って思っちゃうんですよね。」と樋口氏は述べた。つまりここで樋口氏が言いたいことは、スタッフからどうして映画の音量や音質を調節し直す必要があるのかと問われ、まず自分に映画を作り直す程の野望がないことを明確にする（夢などないという言葉の意味はここに繋がる）。そして、既存の映画が持つポテンシャルを少し引き出すだけで、映画の印象がガラッと変わり、新鮮な気持ちで映画を楽しむことができる。何かの大きな夢に向かって突き進んだのではなく、目の前のことに熱中して、既存の映画を新しい感覚で観られるように提供しているにすぎない。

スタッフから、そもそもどうして作品の音響を作り直すような、あるいは爆音で破壊するようなことをするのかという根本的なことを改めて問われて、彼は少なからず慌てたに違いない。そして、自分がとんでもない野望を抱いていると勘違いされないように諭す気持ちもよく分かる。会場の観客の中にも同じ様な疑問を抱いている人がいないとも限らない。しかし、話を最後に「夢を叶えられずに挫折して、絶望してしまう人間が、少しでも減ることを願います。」という言葉で締めくくってしまったために彼のトークは人生講座として終わってしまった。私は正直、早く映画が観たかった。樋口氏の話はなんとなくぼんやりと聞いていたにすぎない。しかしこのあまりの急カーブで一気に目が覚めるような気分になったのだ。そのせいで、映画の内容はあまり頭に入って来ず、その日以来この言葉はずっと私の頭を悩ませ続けている。彼がこの言葉で話を終わらせたのには、何かしら深い意味があると思うからである。彼は映画のことや、爆音で映画を観てもらうこと以上に、「夢を持つと碌《ろく》なことがない」、「夢など叶うはずもないのだから、挫折して絶望するだけだ」、「目の前のことに集中していれば楽しいことも見つかるのだ」ということを訴えたい気持ちの方が上回ったのだ。夢は無限に広げることが出来る。彼はそれを危険視しているのだろう。そして私が頭を悩ませ続けている最大の理由は、今こうして小説を書いている私が、誰よりも夢を拡大し続けそれに追いつこうと空を飛ばんばかりに羽ばたこうとしているからに他ならない。

元大阪市長の橋下徹氏も、夢を否定する人間と言える。あるテレビ番組にて、ニートの若者たちを前にして、講義をするスタイルで、「とにかく目の前のやるべきことに自身を燃焼させよ」というアドバイスを送っていた。夢を抱けとは言わなかった。それはもしかすると、夢を抱いている人間がここに居るはずもないと思ったせいかもしれない。何らかの理由で、人生に何の楽しみも目標も夢も見いだせないからこそ、ニートとなってここに座っているのだろうと彼が考えるのは自然なことだ。だから、「燃焼」というキーワードを使って、日々を無駄にしないようにアドバイスするに止めたのかもしれないが、しかし彼は自身の経歴を振り返る際に、「自分には夢などなかった」と言った。自分がまさかテレビに出るようになるなど思ってもみなかったし、政界に進出することも考えたことはなかったと言う。ポイントは、「ただ目の前のやらなければならないことに本気で取り組んでいただけ」という一点であった。そうしているうちに、縁があって、現在のような活躍を続けている。

このように、夢を否定するものと、夢を抱くものがいる。しかし両者は必ずしも相反するとは限らない。実際、爆音プロデューサーの樋口氏と、柔道家出口クリスタ選手の考えていることは結局、非常に似ている。目の前のことに集中し、その結果あることに気付きを得たのだ。樋口氏は映画を爆音にすることで映画の新たなる可能性に気付き、出口選手は柔道とＪＵＤＯの互いに異なる良さを知ることによって、それらをミックスさせた柔道の新たなる可能性に気づけたのである。夢を抱いていようが、夢を否定していようが、目の前のことに集中、熱中し、エネルギーを燃焼させているという点で、これまでに名を挙げた４名の人物の生き方の信念は通底しているのである。また、先に柔道家出口クリスタは夢を持っていると断言したが、よく考えてみると、出口選手にしてみても最初からオリンピックを目指していたとは限らない。最初はただ柔道を習い始めて楽しさを知り、勝つ喜びと負ける悔しさも知って、ずっと続けているうちに強くなり、気がつけばオリンピック出場という夢を抱くようになり、それも現実的なものになっていったと考えるのが自然かもしれない。

このように考えると、夢を抱く人と、夢を否定する人とでは、人生をよりよく生きるということにおいて、夢を否定する人の判定勝ちとなりそうである。夢はついつい非現実的な所まで手を伸ばしがちであることは事実である。そんなことを考える暇があるのであれば、目の前のするべきことに熱中するべきだという、実に正しいところに話は着地しそうだ。何故正しいと言いきれるかと言うと、これはどんな人にも当てはまることだからである。ある程度名を馳せた有名人にしかできないことではないし、その人の年齢やおかれた状況などにも関係なく、どんな時であれ、目の前の取り組むべきことに真剣に取り組むということは可能であり、非常に有意義なことである。それが仮に病床の上であったり、死の差し迫っている状況であったりしても、何かを見つけて真剣になることはできるであろうし、生き方としてこれ以上になく理想的で健全な姿勢だと言える。

夢を抱かず、目の前のことに集中する

どんなに毎日がつまらなくて同じことの繰り返しでも、新たな課題を見つけて努力するという生き方はなんて美しく素晴らしいことなのだろうと考えた。例えば、

・ある女性が病院の受付の席に座っているだけの仕事だとしても、自分の笑顔だけでこの病院の評判を上げるんだと努力することは素晴らしいことだ。

・お金がないと生きていけないから、とりあえず一生懸命にアルバイトで働くことも素晴らしい。

・仕事にやりがいなど微塵も感じられないけれど、子どもたちを育てる為だけに何十年も同じ職場で働いてきた人生も素晴らしい。

・生きていく為には働くしかなく、家に帰ってきたらへとへとで、何もする気が起こらず、漫画やスマホで遊んでいるだけの人生のどこがいいのかわからなかったけれど、夢なんて抱かずに、真面目に働いて地に足のついた生活を送っている自分は素晴らしい。

……なるほどなるほど、いや、しかし、そう考えているうちに、私はそれらの人生が本当に素晴らしいのかどうか少しわからなくなってきてしまった。なぜなら、

・生きていくためには働くしかなく、家に帰ってきたらへとへとで、何もする気が起こらず、漫画やスマホで遊んでいるだけの人生のどこがいいのだろうか。

・仕事にやりがいなど微塵も感じたことがないと言いきれる人生のどこがいいのかわからない。

・お金がないと話にならないから、とりあえずアルバイトをするというのは安易では

ないか。

そして話はやや逸れるが、私は実家に帰省している時に、かかりつけの皮膚科に行くことがあり、そこにとてもかわいい受付の女性がいる。こんな田舎にこんなかわいい子がいたのかと驚くほどだ。その女性がある時、左手の薬指に婚約指輪をはめているのを見つけた。以前はしていなかったから、ここ最近の事なのだと思う。私はそれを見て、とても微笑ましい気持ちになると同時に、とてつもなくいたたまれない気持ちにもなるのだった。彼女はきっとここで生まれてここで育ち、皮膚科の受付をやりながら、年を取っていくのだ。毎日毎日同じことの繰り返しの中で、ある男性と出会ったり、キスしたり、セックスしたり、結婚したり、子どもが出来たり、家を建てたり、子どもを育てたり、楽しいこともあるが、基本的には同じことの繰り返しの生活の中で、小さな幸せを作り上げていくと彼女は決めたのだ。この広い世界の中で、ここで、ここで見つけたこの人と結婚して、ここで働きながら生きていくと決めたのだ。確かにこの場合も、多くを望まず、夢などを見ず、目の前の小さな幸せを大切にして生きている。つまりは、目の前のことに集中する生き方と通じている。それが悪いというわけではないのだが、やはり、なぜか私はこの心理を上手く理解できないのだ。どうして自分の可能性の方に目を向けなかったのかと思ってしまうのだと思う。

しかし、その点に関しては、卓球の伊藤美誠だって、柔道の出口クリスタだってある意味同じことである。なぜ、様々なスポーツがある中で、卓球でなければならなかったのか、あるいは柔道でなければならなかったのか、何故それに夢中になることが出来たのか。しかもそれが世界レベルとなれば、生半可な集中力では生き残れないはずである。どうしてそこまで極めることが出来たのか。実際、これは私にとって理解しにくいことである。オリンピック出場という大きな「夢」を実現させるために集中力を発揮できたと考えれば、それなりに理解できるにしても、オリンピック出場という夢だけでは、なぜそのスポーツでなければならなかったのかの説明にはならないのだから、やはり、どうしてそこまで努力ができたのか理解するのはなかなか難しい。

そしてこれが一般人の話となるとなおさらで、もうまったく私には理解ができないのだ。なぜその仕事についているのかと問われれば、特に理由がなかったりするではないか。笑いながら、やりがいなんて感じたこともないなどと平気で言う。ある人は、夢は海外旅行に行くことだと言うが、それは仕事とは何にも関係がないし、単なる気晴らしであり、海外旅行に行くお金を貯めるために働いているというわけでもないし、何かヴィジョンがあるわけでもない。仮に卓球や柔道がオリンピック出場のためだとすれば、一般の仕事はお金を稼ぐため、くらいの意味になる。何故お金を稼ぐのかと言えば、生きていくため。それではそんなに充実した人生を生きているのかと言えば、適当に生きている人がほとんどなのだから、もうさっぱりわけがわからない。結局多くの人は、生きるためにいやいや仕事をしている。人が生きている以上、いちいち「生きるために」という前提も必要ないので、多くの人々はよくわからず、いやいや仕事をしているということになる。毎日毎日同じことの繰り返しで、つまらなくて、刺激の無い生活でもいちいちわざわざ「生きるためだ」と言い聞かせて働いてお酒を飲んで寝る。その様な人生が素晴らしいとは言い難い。しかし続々と人はこの生活の中に入っていく。私の友人は農協に勤める男性と付き合っている。いずれ結婚するのだろう。また別の友人は今年の夏に子どもを産んだ。旦那は家族と家のローン返済のためにこれからも働き続ける。「夢」を持たずに、「目の前の」家族や仕事のために一生懸命働く。それが悪いと言いたいのではない。ただ、みんな似たような人生を生きている。それはやはり一番正解に近いからということなのだろうか。夢を抱けば碌なことがないし、収拾がつかなくなる。目の前のことに集中するのが一番良い。だから人々は夢を抱かず現実的な生活を選択し、目の前のことに集中する生き方を選択しているということなのだろうか。いや、違うだろう、このように生きなければならないという思い込みが強いだけなのではないだろうか……？　と、そんなことを延々と考えている時、比較的かわいい顔をした女の子が道を歩いていて、私の横を通り過ぎていったのだ。かわいいという理由だけでなく、あまりにも貧乏じみた、悲壮感漂う表情で歩いていたので、私は思わず振り返ってしまった。やはり、この国は何か間違えていないか、強い思い込みに支配されていないか。その夜私は夢で魘《うな》されたのだ。結局あの子、ビルの14階から飛び降りちゃったよ。「夢を持つと碌なことがない」とか、「夢など叶うはずもないのだから、挫折して絶望するだけだ」とか、おまえらうるせぇからさぁ、あの子、部屋を飛び出して、上の14階から、飛び降りたんだよ‼……ひどい悪夢だった。

ちなみに、後から冷静に考えてみると、その女の子があまりにも悲壮感漂う表情で歩いていたことこそが、「夢を叶えられずに挫折して、絶望してしまった」からだと考えられなくもないことに気が付いたのだが、彼女とすれ違ったその瞬間には、そのような考えは一切浮かばなかった。この世の閉塞感に押しつぶされているようにしか見えなかった。それはもしかすると、その女の子が、とてもかわいい顔をしていたからなのかもしれない。もし、その女の子の顔がかわいくなければ、「夢を叶えられずに挫折して、絶望してしまった」、身の丈に合わないことをやろうとして、結局夢を叶えられなかった、という文脈で理解したかもしれないが、その女の子は、とてもかわいい顔をしていたのだ。もちろん、とてもかわいい顔をしているが故に、大きな夢を抱いてしまい、夢叶わず挫折してしまった、と解釈することも可能ではあるが、その解釈は現実社会の現状にはそぐわない解釈だと思われる。つまり、今の世の中は、とてもかわいい顔をしている女の子に、「ほら、君ならきっとアイドルにだってなれるよ、頑張りなよ！」と可能性のある方向にプッシュするような世の中ではないからである。どちらかと言えば、「寝ぼけたことを言ってんじゃないよ、あんたよりかわいい子なんていくらでもいるんだよ、成功するのはほんの一握りの人間で、あんたは凡人なんだよ、馬鹿な夢なんか見ていないで、堅実に生きることを考えなさい。」という世の中である。彼女の身に起こったことは、おそらく後者のような事である可能性の方がはるかに高いと、私はそう思ったのだ。

……なぜこのようなことばかり考えて神経をすり減らしているのかと言えば、樋口氏の「夢を叶えられずに挫折して、絶望してしまう人間が、少しでも減ることを願います。」という言葉を、ずっと反芻《はんすう》して考えているうちに、「地味な人生でいいじゃないか」、「夢を捨てろ」というふうに響いてきたからだ。だとしたらそれは、余計なお世話だ。

私は今ここで、ささやかに抵抗したいと思う。人間は、もっと自由でもいいんじゃないですか。

夢を抱かず、目の前のことに集中することの、副作用

しかしそれにしても、何故人々は似たような人生を送っているのだろうか。やはり、このように生きなければならない、人生とはこういうものだ、という思い込みがある

と思う。そしてその思い込みの枠組みからはみ出ないことこそが、社会で生きることに他ならないと考えているように私には思えるのだが、そもそもどうしてこのような思い込みが生じているのだろうかと改めて考えた時に、今まで頭の中でぶつぶつと考えていたことが全て直線で繋がるような気持ち良さを感じたのだ。それはつまりこういうことだ。

まず「夢の否定」とは堅実さに他ならない。この「堅実さ」と「目の前のことに集中する」ことが大切だという価値観は既に日本人の間にすっかり浸透しているのだ。この価値観こそが諸悪の根源である。この価値観は、どのような人生や、どのような状況にもふさわしく当てはまるが故に憎いのだ。例えば前述した、「生きていくためには働くしかなく、家に帰ってきたらへとへとで、何もする気が起こらず、漫画やスマホで遊んでいるだけの人生」だとしても、まず、「夢」を抱いていないことで、自分は堅実だという錯覚が起こる。そして仕事を真面目にしていたら、目の前のことに集中していることになり、これで人生はオッケーとなる。従って、今のままでいいのだ、これが人生なのだ、この人生に耐えなければならないのだ、という思い込みが完成するのである。

つまり、「夢の否定」、「目の前のことに集中すること」はそれ自体決して間違った考え方ではないのだが、理論武装として完全無敵すぎて、あらゆる反論を返り討ちにさせてしまう。そのため、感覚的に決して正しいとは思えない人生にも、その人生を肯定する力があり、問題の解決が遅れるのである。簡単に言えば、これは言葉の副作用であるが、重大な副作用の第一である「思い込みを強めること（80％以上の確率で発症していると思われる）」が生じているのである。たとえ最悪な状況においても、自分は目の前のことに集中していると主張すれば、正しい人生の在り方として成立してしまう性質の悪さがある。自分は間違っていないという思い込みを形成してしまう。自分がこのような状況に陥っていることに気づけば、直ちに発想の転換が必要なのだが、しかしながら現在では、日本社会全体にこの副作用が生じているようである。それはどういうことかというと、今の在り方を肯定するが故に、「こうでなければならない」という強い思い込みに国全体が支配されていると思うのだ。「こうでなければならない」という考え方は、「〜してはならない」ということを数多く作り上げ、それは必然的に、日本国民の標準的な生き方の指標となり、そこから外れた生き方を欲する人間は迫害を受けることになる。これがすなわち二次災害である。そしてこの二次災害の被害者は、一般人の平均値よりも能力の高い、優秀な人間である場合が多いように思う。それは、すでに指摘したように、今の世の中が、基本的に弱者たちによって形成されたものであり、弱者に優しくできているからである。ちなみにここでいう弱者とは、現代日本において、きわめて平均的な生活をしている者たちのことを指している。平均的な生活ができている人々を、「弱者」と呼ぶのはふさわしくないと思われる向きもあると思うが、彼らは特別に優秀ではないために、歴史上、生存競争において苦汁をなめてきた経験があるに違いないのだ。つまりかつて彼らは弱者であった。ただし、当然のことではあるが、数の上では圧倒的に彼らの方が多い。優秀な人間とは、多くの人間よりも優れているわずかな人々のことを言うのだからである。従って、数で勝っている弱者のレベルを一般レベルとして、彼らが住みよい社会を作り上げてしまった。そこから上にも下にもはみ出る人間を、世の中は嫌う。彼らよりも下の人間には、「なぜ自分たちと同じことができないのだ」という理屈でいじめ、彼らよりも上の人間に対しては、自分たちの地位の確保のために、自分たちのルールを壊し自分たちの存在自体を脅かす人間を全否定し排除する。そのためには匿名での誹謗中傷が絶えず行われているのが現代社会の現状だ。一般社会からはみ出るものは、彼らの所業に泣き寝入りを強いられている。多様性など彼らは求めておらず、仮に彼らが多様性の大切さなどを口にしたとしても、彼らの言う多様性など、所詮は一般人が理解できる範囲の出来事にすぎない。だからこそ下の人間に対するいじめも、上の人間に対する誹謗中傷もまかり通ってしまうのだ。彼らの醜い仕業に屈服できず、自殺する人間が出てきても、最終的には死んだ者の自己責任で片付く。彼らのさもしい行為は何重にも守られているのだ。

だから私は今ここで、声を大にして訴え、反旗を翻したいと思う。人間は、もっと自由でいいのだ！　果たして本当に「してはならない」ことなどいくつあろうか。無意識のうちに、こうでなければならないというガチガチに固められた人生観に支配されている。自由な発想が欠落しているのだ。

本当に「してはならないこと」とは

人生はもっと自由でいいのだと言ったが、実際、本当に「してはならないこと」とは何であろうか。まず誰でもすぐに思いつくのが、殺人である。しかし、この際一応確かめておきたいと思う。何故人は人を殺してはいけないのか。

「2018年9月、栃木県日光市のパーキングエリアに停めた乗用車の中で母親と姉を殺害したとして、無職の男が逮捕された。」男は2人の人間を殺している。この場合通常、死刑判決が下される。しかし、「事件は障害がある姉を介護していた母親が認知症となったことを背景として起きた心中事件であることが分かってきた。」というのだ。こうなると話は当然違ってくる。重要なのは、男が殺した姉には先天的に障害があり、それを世話していた母親が認知症となったという点である。また、当時母親はすでに90歳という高齢であった。つまり、この2人を殺害したところで、国力にはさほど影響が無いことは明らかなわけである。GNPだとかGDPだとか。国民総生産、国内総生産、要するに生産力の話なのだ。……いやいや、人の命の話なのだが、生産力のない人間を殺しても、刑は軽いのである。実際、男は2人殺害しておきながら、求刑7年、宇都宮地裁での二宮信吾裁判長の判決は懲役6年であった。何故人を殺してはいけないのですか？　法律はその問いに淡泊に解答しているように思う。

自由な発想の復権

国民が国を構成している以上、生産力を持つ国民を殺すことは、国の存亡にかかわることであるから、ちょっとまずいのである。しかしそんな露骨な言い方もないだろうから、道徳的に、人として、殺人を犯してはならないと思っておいて良いのだが、しかしこのように改めて丁寧に物事の中身を確認してみると、本当にしてはならないことなどないのだ。しからば、「こうでなければならない」ということもない。一つの価値観だけが正しかったり、望ましかったりすることもありえない。しかしこれまでに述べてきたとおり、「夢の否定」や「目の前のことに集中する」ことが正しいという強い価値観により、私たちはどんなにだらしなく無目的な人生を送っていようと、それを正当化してしまうずる賢さを体得してしまった。そして結局それぞれの底辺のような生活から抜け出せないでいるのだが、それを「堅実」という言葉でねじふせてしまっている。完全無敵の理論武装の殻に閉じこもることで、実は殻に身を守られているのではなく、殻に閉じ込められていることに気づけないでいる。そしてその殻にずっと身を潜ませているうちに、より自由な発想で現状を打開しようという考えや勇気さえ抜かれてしまっている状態なのだ。「夢を否定」し、「目の前のことに集中」して生きようという呼びかけは、本来はよりよく生きるためのスローガンとして用いられるべきはずが、結局はこの言葉をして我々からより自由な発想を持つ権利を剥奪せしめている。ここで私が強く主張したいことは、自由な発想の復権なのである。

だからそれがせめて自由な発想であるのならば、私は「目の前のことに集中する」人生を認めても全く構わないのだ。例えば卓球の伊藤美誠がそうだ。柔道の出口クリスタがまたそうだ。なぜ卓球なのか、なぜ柔道なのかわからないが、一般的な人生観にとらわれることなく、好きなスポーツを極めて、多くの人々に夢と希望を与えている。彼女たちが夢を持っていようがいまいが、好きなことに熱中できる人生は素晴らしい。自分の好きなことを自由に選択して打ち込む、そして目の前のことに集中するという姿勢は、美しい。おそらく、この意見は比較的同意してもらいやすいと思う。なぜなら、スポーツ選手の才能というものはやはり非凡なものであり、特殊な人生だと思われるが、いくら特殊とはいえスポーツのイメージ自体が健全なものであるから、その人生を毛嫌いされることはまずないと思われるからだ。だがこれが例えば女優となると、必ずしも健全な作品や役柄ばかりでもないから、ものによっては非常に異端な印象を抱かれ、嫌われたり馬鹿にされたりすることもあるかもしれない。例えば『富美子の足』という映画において主演の富美子役を演じた片山萌美は、その美貌を活かしてエロティックな役に抜擢されており、男性からその長く美しい足を舐められるというシーンがある。その映画を観る者から、彼女は多少の誤解も受けるかもしれない。つまり、いくら好きなことに熱中して目の前のことに集中して取り組んでいようと、自由な発想で生きていれば、その人生は必ずしも人々によい印象を与えるとは限らないのだ。これは強調するまでもないことだ。「夢の否定」、「目の前のことに集中する」という価値観が、どのような人生の状況も肯定してしまうがために実際的には「こうあるべきだ」という価値観に乗っ取られてしまった今、自由な発想で純粋に生きようとする人間は、多くのだらしない人生を送る人間にとって、邪魔な存在でしかないのがふつうである。だがそれでも好きなことに対して熱中し、ひとつひとつ「目の前のことに集中」してステップアップしていく姿勢は、人々の好感を得る可能性は十分にあるだろう。なぜそんな勝手が許されるのかと言えば、「目の前のことに集中する」という、すでに市民権を得た価値観を共有している分、自由な発想もある程度は許してもらえているということだ。

しかし、さらに言えば、人生をよりよく生きるという点においては、「目の前のことに集中する」生き方は素晴らしいかもしれないが、そこからさらに自由な発想を用いて、その他の生き方があってもいいのではないだろうか。それはつまり、人生はよりよく生きることだけが全てではないということと同時に、その人生を肯定することもしない。「目の前のことに集中する」こともしない。もはや何もしたくない、そして夢ばかり見ている人生があっても良いということなのだが、それは、前に私が否定した生き方と似ているではないか、と気が付いた読者もおられると思う。確かにその通りだ。しかし重要なのは、結果ではなく過程なのである。どのような経緯で、その人生を選択しているのか、そこが重要なポイントなのだ。

思考の大海原へ

例えばインスタントコーヒーの粉をスプーンひと匙コーヒーカップに入れて、沸かした湯をインスタントコーヒーの瓶の方に入れる……。毎朝マグカップにコーンフレークを入れて豆乳をかけて食べる習慣のせいで、豆乳のパックを持つと同時に自動スイッチが入り、ルイボスティーの入ったマグカップの中に豆乳をドボドボとかけてしまう……。階段はいつも途中で踏み外すし、終いには先日とうとう服を着たままシャワーの蛇口をひねってお湯を頭からかぶってしまった。目の前に集中するべきことや大切なものはきっとあるはずなのに、常に心ここにあらずの自分は一体何を考えているのだろうか。それがまさに、「夢」である。それも荒唐無稽で馬鹿げた夢ばかりで、いつも夢の世界の妄想に浸りきっている。ところで私はこれまでに、伊藤美誠、出口クリスタ、片山萌美という3人の女性を例に取り上げて話をしてきたが、話の行きがかり上、もう1人どうしても取り上げておきたい人物がいる。それは、女子バレーボール日本代表選手の石井優希である。もうすでに、伊藤美誠と出口クリスタの例で私の伝えたいことは伝えられているはずなのだが、石井優希選手も、彼女たちと同様に「夢」や「目標」を胸に抱きながらも、あくまで一試合ずつ確実に集中して勝っていくということの連続の結果として、スター選手になっているということを、いくら同じ例の繰り返しとは言え、私は今付け加えておきたい。そして、ここに出そろった彼女たちの身長をプロフィールで確認してもらいたい。2019年時点での伊藤美誠の身長が150㎝、出口クリスタが160㎝、片山萌美170㎝、石井優希180㎝。このように彼女たちは、この物語の登場順に従ってちょうど身長が10㎝ずつ高くなっているのだ。これはもちろん、最初から私の企み通りである。「女性の身長が10㎝ずつ伸びることによって、それはどの段階で男の沽券にかかわる問題となるのか」と、最近私はこんなことを考えている。私が今まで長々と真面目な話をしてきたのは、ただこのことに話を導くためである。

「目の前のことに集中」して小さな気付きを得て、物事を改善させて、日常を少しずつ豊かなものにしていく生き方だとか、堅実な生き方だとかに興味はないのだ。私は、

「夢」を追いかけたい。私は自分の小説がヒットすることを夢見ている。そして小説がヒットして有名になり、それがきっかけで有名人の女性と付き合うようなことを妄想する。しかし、夢を見て妄想に耽るにしても、ただ妄想に耽ればいいというものではなく、何事にもやはり準備というものがある。何かを夢見て妄想するに際して、情報はより具体的であればあるほど妄想は楽しくなり、またより現実的な環境を頭の中に用意しておかなければ、妄想に身が入らないことになる。「女性の身長が10㎝ずつ伸びることによって、それはどの段階で男の沽券にかかわる問題となるのか」という問いは、女性と付き合う妄想をする上での重要な準備段階なのだ。

だがその話の前に、そもそも「夢」を見ることと、「妄想」をすることとは全くの別物だろうと思われる方々も多いかもしれない。少なくとも、スポーツ選手が抱くところの「夢」と、私が今問題にしている「妄想」との間には何も関係がないだろう、と。つまり私の論理展開の破綻を指摘されることと思う。しかし、私は決して「夢」と「妄想」をごっちゃにしているのではなく、「妄想」は「夢」の具現化において非常に重要な役割を果たすと考えている。理由は以下のとおりである。まず重要なことは、実は脳において、「現在」、「過去」、「未来」の区別は非常に曖昧なものだということだ。脳は、現在の身の回りの環境が最も身近に感じられるため、これは現在起こっていることだと認識しているにすぎない。ということは、現在実際に起きていることを上回るレベルで、自ら望む環境を強く妄想することによって、脳は妄想していることが現実なのだと錯覚する可能性が出てくる。すると、ここでいわゆる「ホメオスタシス」と呼ばれる機能に似た作用が発動すると考えることができる。「ホメオスタシス」とは、生物において、その内部環境を一定の状態に保ち続けようとする作用のことであり、通常、体温や血圧の維持などについて用いられる用語であるが、ここで私が言いたいのは、脳が妄想を現実として認識し始めると、脳が実際の出来事と妄想の世界との不一致に違和感を覚え、現実を妄想の世界に近づけたいという作用が起こっても不思議ではないということなのだ。要するに、脳が、妄想の内容を現実にするための現実的な努力を体に促すのである。普段の行動が、夢の現実化のために無理なく自然に行われることが期待できるということだ。ただ、一応断っておくが、夢の実現のためには、妄想ばかりしていればよいと言いたいわけではない。妄想とは少し間違えれば病的になる危険性も十分ある。だが、正しく使えば、夢の実現のための一助ともなり得るということを主張しているのだ。

ここで一度本題に戻る。私は「夢」を見続け、「妄想」を行う。だがその妄想は、「夢」の具現化を目標とするのならば、脳が現実と錯覚するほどに現実的でなければならない。このような前提に立った時に、件《くだん》の問いが発生した。「女性の身長が10㎝ずつ伸びることによって、それはどの段階で男の沽券にかかわる問題となるのか。」このように問うことによって、自身のプライドがどこにあるのかということを明らかにする。それが明らかになれば、妄想に適した女性のタイプを絞り込むことができる。自分にふさわしい女性のタイプを絞り込むことができれば、妄想の世界において対象の女性に心理的なひきつりを感じなくて済む分、より濃い妄想を期待できる。と同時に女性の数も絞り込むことができる。妄想の対象と成る女性の数が絞れるということは、当然、実際に恋愛対象と成る女性の数も明確に絞ることができるのだから、非常に合理的と言える。

……だが実は、このような思考は見掛け倒しの合理性にすぎない。つまり、日常にこのような無駄とも思えることをじっくりと考えておくことによって、恋愛対象と成り得る女性の数を事前に絞るという、一見合理的とも思えるこの思考の時間は、私の前に女性の行列ができ、女性を選別しなければならないほどモテるという、実際的には起こりもしない現象の、わずかな出現可能性という一点のみをとって無駄な思考に耽溺《たんでき》しているだけである。仮に本当に合理的に考えたいのであれば、そもそも恋愛や恋愛感情自体が合理的な行為ではないだろう。或いはそこまで言わないにしても、縁あって出会った異性を愛することに徹することこそ合理的と言える。そんなことは私とて百も承知なのだが、そもそも合理的であることに興味はないし、なんなら「夢」の具現化を目標とすらしていない。本当に夢を現実にしたいのならば、そもそもこんなにも真面目に、いくらヒット祈願をしたところでヒットするとは到底思えない小説を書いたりはしないだろう。それではなぜ現実的な妄想を求めるのかと言えば、その方が楽しいからだ。深いところまで潜り込めるからだ。従って、間もなく私は病的になるだろう。ひたすら無駄な思考に耽溺していたいという欲望だけが存在し、そこには合理性など微塵も必要なく、強いて言うのであれば「目的なき合目的性」だけが内在しているのである。つまり、先の「女性の身長が10㎝ずつ伸びることによって、それはどの段階で男の沽券にかかわる問題となるのか」という問いは、実は正確な回答を必要としておらず、ただの思考の遊びであり、悟性の贅沢な使い方なのである。しかしその問いに対する思考、あるいはその思考の逡巡自体が、結果的に読者の求めるものと一致し、文学の新しい扉を開くこととなる「合目的性」が内在していればそれでよい。悟性にとって贅の極みともいえるこの遊びは、もはや悟性ではなく感性の管轄であり、それはつまり芸術の領域と言えるだろう。そして、歴史上、イマヌエル・カントは次のように考えた。

「美とは概念なき合規則性であり、目的なき合目的性であった。美が概念なき合規則性、目的なき合目的性といえるにしても、その概念と目的はこの自然の内に潜在し、吾々はそれを認識できないだけのことなのである。」と。（傍点筆者）

　ちなみに概念とは抽象的観念のことであり、例えば「女性」と言ったときに私たちが想像する女性像が、すなわち女性の一般的概念ということになる。この場合、「髪が長い、胸が大きい、スカートをはいている」、などが女性の一般的概念の内容と言えよう。「美」が「概念なき合規則性」を持つとは、例えば、私たちが女性の描かれている絵を見たときに、実際には色の集合体でしかないものを見ていながら、私たちが女性の一般的概念と照らし合わせた上で、その絵には女性が描かれていると認識することを指している。だが、重要なのは、「その概念と目的はこの自然の内に潜在し、吾々はそれを認識できないだけ」という部分である。つまり、「美」には概念と目的がないのではなく、その概念と目的を、私たちは認識することができないために、概念なき合規則性、目的なき合目的性、と呼ばざるを得ないということだ。ひいては、我々が認識できないところの目的のもとに集結した合規則性を、私たちは「美しい」と捉えているとも考えられるだろう。

ここで思い出されるのは、新約聖書のヨハネによる福音書の第一章、第一節、「初めに言《ことば》があった。言は神と共にあった。言は神であった。」という一文である。「初めに言があった」という状況は、一般的には馴染みにくい考え方ではないだろうか。通常はやはり先に物体や現象があり、後から発生した人類がそれらを認識して、あるいは認識できたもの・ことに対して言葉を付けたと考えるのが自然である。だがヨハネは「初めに言があった」と言う。それはつまり、この世の全ての言葉はすでに存在しており、それを発見という形で私たちが発掘しているということだと考える。

そして私は今新たに、全ての言葉の中には我々が認識することのできない目的と概念が存在するのではないかと考えるのである。例えば私たちは愛を感じるときに「愛」という言葉を口にし、また「愛」という言葉は私たちが愛だと思う概念をもれなく有しているが、私たちが発見しなくとも「愛」は目的と概念を有して存在している、と。そしてヨハネは「言は神と共にあった。言は神であった。」と続けている。それはつまり、神はあらゆるところに存在し、神は私たちが神を感じられる時にも、感じられない時にも、私たちが存在しない世界にもきっと存在するということだ。

そして、ここまで書いてきてふと思うことは、このように話題が次から次へと移り変わって行き、いつまでも結論にたどり着かないという手法は、ローレンス・スターンがその著書『トリストラム・シャンディ』の中ですでに試みていることの二番煎じであるということだ。ああ、私は恥ずかしさのあまり、墨でマーブル模様に顔を覆ってしまいたい。

＊

＊

＊

　果たして屈辱のマーブル模様に染められてしまった私の顔には、今更プライドも何もないのだが、今にしてようやくわかることがある。まず「女性の身長が10㎝ずつ伸びることによって、それはどの段階で男の沽券にかかわる問題となるのか」と問うこと自体、自分は所詮、女性の身長が男の沽券にかかわる問題になり得ると考える程の人間だったということを露呈しており、すなわちそれは自分の身長にコンプレックスを抱いていることを意味している。男の沽券などと気取った言い方をしているが、結局は自分よりも身長の高い女性に引け目を感じているだけだとすれば、１７０㎝、１８０㎝の女性とは付き合いたくはないだろう。１６０㎝の女性よりは身長が高いが、私が身長にコンプレックスを感じているのならば、成人女性の平均身長よりも高い１６０㎝の女性にも、引け目を感じる可能性は高い。だが私はここで非常に重要なことを思い出すことになった。以前に『By The Way』という小説の中で、私はルナ・フセーヴォロドヴナ・ガルシナという、１８０㎝近いロシア人女性とのセックスを描写しておきながら、その際には自身の身長のコンプレックスなど微塵も感じていないどころか、むしろ自分よりも身長が10㎝以上も高い白人女性とのセックスにおいて後背位で女性器を突き上げることにただならぬ優越感を覚え、そしてルナの屈辱的な姿勢による視覚的興奮と、悲鳴にも似た喘ぎ声による征服感の充足、外国人特有のオーデコロンが放つ色気にめまいを覚えながら、夢中になって腰を振り続ける自分を想像し、私は間違いなく恍惚の境地に至っていた。私は明らかに身長のコンプレックスを逆手に取り、絶頂の気分を味わっていた。ということは、これは一体何を意味するのか？女性の身長が男の沽券にかかわるという主張自体、実は無意識のフェイクである可能性が高い。私は結局、女性の身長にコンプレックスを感じているふりをして、本当は身長にではなく、スポーツや芸能界で活躍する彼女たちの社会的立場にこそコンプレックスを感じていたことになるだろう。だがこのように偶然にして一つの回答が出たところで、先にも述べた通り私は正確な回答など求めてはおらず、ひたすら思考の大海原を漂いたいのだから、話を先に進めなければならない。

しかしそれにしても、蓋を開けてみれば一体なんという体たらくだろうか。さすがに情けない。今の心境を言い表すならば……。「まーちゃんごめんね。」の一言に尽きるだろう。

結局今の私には有名人の女性と交際する勇気がないので、いくら妄想とはいえ、有名人女性に登場してもらっても意味がなく、とりあえず一般人で妄想を続ける。だが一般人と広く言ったところで、結局は知人で賄うしかないので、すぐに思いつくところで考えれば、元バスケットボール選手で現在看護師をしている森川恵那《えな》がおよそ180㎝で29歳。近くのコンビニでアルバイトをしている出利葉玲《でりはあきら》が、私よりも少し背の高い170㎝くらいで現在28歳、そして私が今最も惚れているコールセンター勤務の工藤絢弥《あやみ》がだいたい160㎝で24歳、それから顔、容姿共に広瀬すずにそっくりの青山学院大学一年生の山本心夏《ここな》が150㎝くらいで19歳。このように改めて書き出してみると、ルビを打たなければ読めない名前が多く、キラキラネームとまではいかないが、明らかに現代的な名前ばかりである。要するに私は若い子ばかりを無意識的に選んでおり、計算してみると彼女たちの平均年齢が25歳であるから、私はおよそ10歳年下の女の子に恋愛感情を抱く傾向があるのだろう。まったく、まーちゃんごめんね。でももしかしたら「まーごめ」の私だから140㎝の少女がいたらもっと興奮したりするのだろうか。

ところで、もはや身長のコンプレックスの問題は解決しているので、実は身長が10

cmずつ異なる女性をそろえてみたところで何の意味もないのだが、その上で今一度10cmずつ身長の異なる女性を集めて何がしたかったのかよく考えてみる。しかも状況は変わって、恵那、玲、絢弥、心夏の四人が急遽出そろっており、彼女たちの顔を思い浮かべてみるが、強く想像すればするほど、彼女たちの体躯ばかりが脳裏をちらつき、意識すればするほど肉感的になり、どうしたって肉体関係のことしか思い浮かばないという有様である。

そして私はとうとう禁断の果実に手を伸ばそうとする。女性の身長が10cmずつ伸びていくことによってセックスしている時の感覚はどのように変わっていくのだろうか。むしろ、これこそが本来の妄想の目的だったような気さえしてくるが、これはもはや意図的な性的ハラスメントである。しかしこのような想像が、小説を書くにあたっての真面目な作業と言えなくもないのならまずいことになる。なぜなら私は今、思考の海に耽溺し快楽の最中にいながら、実は一つの使命を持っている。すなわち「目の前のことに集中する」ことを否定し、「夢を抱く」ことを身をもって肯定することにおいて、より自由な在り方を提示している最中でもあるからだ。だから私はもっと具体

ないこんのかわからどうかなんて、事前にはわかりようがない。ただセックスを想像するだけでなく、小説がヒットしてそれぞれの女性と2年ずつくらい付き合うことができ、今から10年後くらいにほかの誰かと結婚するくらいのことを夢見て、初めて具体的な「夢」だと言うことが出来るだろう。彼女たちの現在の2019年11月13日時点での年齢は、19歳、24歳、28歳、29歳とばらばらである。これは夢の具体化において結果的に非常に好都合である。私の小説が売れ、知人たちにチヤホヤされ、まずこの中の現在29歳の恵那と2年間付き合う。恵那とは30歳の時に付き合い始めるとして、30歳、31歳の時に付き合う。次に現在28歳の玲はその時31歳になっているので、31歳、32歳の時に付き合う。現在24歳の絢弥とは29歳、30歳の時に、そして現在19歳の心夏とは26歳、27歳の時に付き合うことになる。しかしこのプランはすぐ却下だ。攻め方が無難すぎる。ばかばかしい夢を無難に考える根性も情けないし、面白くもない。なによりこういうことを考える時に、無難にいこうとするとまず失敗するような気がする。何が無難で、面白くないかと言うと、このプランでは私は女性の現在の年齢の高い順に付き合っていく作戦なのだ。つまり、女性の旬を逃すまいとしているのである。30、31、29、26歳の女性と付き合おうと考えているのだから、非常に手堅い。しかしこれだと、「女性の身長が10㎝ずつ高くなっていくと、セックスしている時の感触はどのように変化していくのか」、というニッチな情報を知ることができない。本来の目的に忠実に従うならば、年齢の高い順ではなく、身長の低い順に付き合う必要があるので、20、27、33、36歳の女性と付き合うことになる。これならば本来の目的を達成できるとともに、20歳の若い女の子から36歳の大人の女性までと付き合うことが出来るので、面白味もあるのかもしれない。考えてみれば、現在の彼女たちの年齢の総計がちょうど100歳であり、来年から付き合い始める予定なので総計は104歳、そこからさらに2年ずつ付き合うとなると、二番目以降に付き合う女の子たちは、それぞれ今より2歳、4歳、6歳と年をとるので、合計で116歳になる。どのような順序で彼女たちと付き合おうとも、当然のことながら必ず平均年齢は29歳に一定なのである。要するに、最初の手堅いプランも、実は中を覗いてみたら他と一緒だったというわけだ。無難に考えることがどれだけばかばかしいか、思い知ることとなる。ところでこの4人と2年ずつ付き合って、独身生活を満喫した後に、最後に20歳前後の女の子と出会い結婚しようと考えるならば、現在10歳前後の女の子が僕の心を射止めることになるのだろう。ちなみに10歳6ヵ月の女の子の平均身長は

140・3㎝だったりする。いかにもまーごめな状況である。ちなみに今更ではあるが「まーごめ」とは「まーちゃんごめんね。」の略であり、何の意味も持たない単語であり、「まーごめ」を全て「あれ」と置き換えても何の差し障りもない。ところが、先程からわざわざ「まーごめ」を連発している心理をたわむれに弁解してみるのならば、その心理の裏には、「まーちゃんごめんね。」という言葉が、タレントの大鶴義丹が不倫謝罪会見にて同じくタレントのマルシアに向けて言った言葉であるという言葉の歴史的背景が凝縮されているはずであり、従って私の深層心理には、外国人美女と結婚し、更には裏切ってみたいという欲望が蠢いているのだと思う。つまり私は小児性愛者なのではなく、または仮にそうであったとしても、それはあくまで意識の表層か、あるいは自らによる意識の攪乱の結果であり、私の本性ではない。本当の私は、マルシアと同じくラテン系美女である、スペイン出身の女優・モデルとして活躍するEster Expósito（エスター・エスポーシト）と恋愛をしてみたい。私は寝室に飾っていたチェ・ゲバラのポスターを外し、エスター・エスポーシトのポップアートパネルを代わりに飾るほどに彼女のファンなのだ。最終的に、これが等身大の私の欲望である。ちなみに彼女は2000年1月26日生まれで身長は166㎝である。地球の反対側に住む、私とほぼ同じ身長の美女と、私は意識の上で向き合わなければならない宿命にあるのかもしれない。私は一連の妄想で思考の大海原をひたすら漂っていたつもりだが、最後は等身大の自分自身の意識に辿り着いた。読者の中には、突然の「まーごめ」という意味不明な単語の登場を訝しんだ方もいるだろうが、実は「まーごめ」こそが私の無意識のセーフティーバーであった。思考の大海原をひたすら漂っていたつもりだが、実は大海原に出る前に大きな波に押し返され、私は私自身の意識の浜辺に打ち上げられたのだった。

Midnight summer（immoral Fish ver.）

ウサギの口の中、鳩！~~その間に魚のうろこが底を住みかにして獲物をとらえようと待ち構えているマタギ~~の国、秋田県、深い冬、テレビの中、半分だけテレビの中に入っている状態でみんな歩いているから、頭からテレビをはずせ！　テレビを！　自分の手で！　そしてそれから自分の手でテレビをはずせ！　宗教を恐れるな、社会を恐れよ！　宗教は宗という字と教という字の組み合わせであり記号であり、エリエリレマサバクタニであり、ノイズを見つめる男と女、tent の上には緑色の旗、緑、白、緑のストライプ、真ん中には！　鳩がはばたく！　はばたく！　満天の星空、男と女はまだ、男は既に。そして女はまだ。横断歩道を駆け抜ける光。さくらちゃーん、頭の上に雪が、溶ける、眼球を残して。とあるハイツ。

　ショットガン。顔面をブッ飛ばされた（一日30回はオナニーをしています。女の子を身長別に、１５０㎝、１６０㎝、１７０㎝、１８０㎝と10㎝ずつ身長が伸びたらどんなふうにセックスに違いがでるのかな。さくらちゃーん、５：15ａ．ｍ．僕は君の住むマンションの前でいつも君を思いながら見上げているよ。１４０㎝になったら恋人になってよ。毎日だって㋝ックスしようね。きっと小学校を卒業するまでは。その次に僕はさくらちゃーんのお母さーんを熱いまなざしで、見つめるから。するとママはドキドキして、きっとさくらちゃーんと呼びつけるから、その時になにー、ママー？　と駆けつけてきたら、口の中に生魚の臭いが広がるだろうね《encountered you》）棺桶の中の顔を見つめると僕は心がとても救われるんだ。僕は君の最初の魚でありたい。

MISFITS

現在35歳の私が現在10歳前後の女の子に恋をするなんて今の段階ではまるで想像もつかないことだが、こんなことばかり考えている人生があってもいいだろう。そしてこんなふうに小説を書き進めることがあっても良いのだ。すると多くの人から、私は狂っているように思われるかもしれない。しかしながら残念なことに、私は狂ってはいないのだ。札幌市電の資生館小学校前駅の目の前に位置するロック系ファッションショップにて購入した「I'm A MESS（オレは狂ってるぜ）」と書かれたメッシュキャップを普段から好んでかぶっているのだが、２０１９年2月24日、とあるバーで偶然出会ったアメリカ暮らしの長いある女性は、私がかぶっていたその帽子を見ると、初対面の私に向かって「全然MESSじゃないじゃん。」と言ったことを憶えている。「なんで分かるの？」と聞くと「顔つきがMESSじゃない、MESSになりたいんじゃないの？」と言われる始末だった。

つまり私は狂っているから狂っているようなことを言っているのではないのだ。自由な在り方を提示するために、「こうでなければならない」という思い込みを破壊するために、規範を破壊するために、人と異なることを全力でやろうとしていることが、その女性には見るからにばれていたというわけだ。

ここまで、一心不乱に小説を書き「目の前のことに集中」してきた私が「目の前のことに集中する」ことを否定することに矛盾を感じ始めているのは認めるが、私の目的はただ「目の前のことに集中する」ことを否定したいのではなく、規範を破壊したいのだ。

ちなみに先程の女性は私にこう言って付け足した。「私たちは、MISFITSではあるけどね。」と。

（ちなみに、後の２０２１年、日本のロックバンドMO'SOME TONEBENDERの百々和宏も、「I'm A MESS」キャップをかぶっている姿が自身のtwitter等で確認できるが、彼もまたMESSにあらず、どちらかというと、MISFITSの仲間かもしれない。）

これまで私は熱く自身の考えについて人生観を交えて述べてきたが、私がこのように自由に想像の羽で羽ばたくことが出来るのも、あるいは規範の破壊者として生きていくことが出来るのも、結局は支えてくれる人がいるからであることも十分に理解している。地味な生活を、同じ毎日を続けてくれる人がいるから私は空を飛びまわることが出来ている。その事実も、認めざるを得ない。

＊＊＊

ところである日、札幌の市街地を走る車の後部座席に座って外を眺めていた時、通りを歩く、ウクライナ人と思しき、東スラブ系の美女とぴったりと目が合ったことがある。その瞬間、私の心の中にはとてつもなく懐かしい思い出のようなものが広がった。彼女が見てきた森や湖の美しい風景を共有できたような気がしたのだ。

私は今、ある確信を抱いている。それは私の前世にまつわることだ。見ず知らずの外国人女性と目が合った瞬間に、言いようのない安心感を覚えた私は、きっと前世は日本人ではなかったのだろうと確信している。そう考えると、私の心の苦しさは、日本を出国すれば治まるのかもしれない。そこで、次の章では海外における人生の価値観について、ほんの一部ではあるが、目を向けてみたいと思う。

個性の認め方

Ruby Rose（ルビー・ローズ）の右腕の手首の辺りには鉄腕アトムのタトゥーが彫られていて、アメリカンコミックのティーンエイジ・ミュータント・ニンジャ・タートルズの亀のタトゥーも彫られている。見覚えのあるキャラクターが特に目立つ所に彫られているので、一際目に飛び込んでくる。ルビー・ローズは両腕ともに肩から手首までほとんど隙間なく様々なタトゥーを入れていて、左手は手の甲にもぎっしりとタトゥーが彫られている。おそらく犬の顔のタトゥーだと思われる。右の手の甲にはまだ何も彫られていないが指には両手ともに人差し指から小指まで、アルファベットの文字のようなものが一つずつ彫られている。親指には何も彫られていないようだ。両腕ともに肩から手首まで、左手は手の甲まで、基本的にカラフルなタトゥーが入っていて、見ているだけでとても楽しい。右の二の腕、つまり肘から肩にかけては本来の和彫りのルールを完全に無視したアメリカンジャパニーズなワボリが色鮮やかでそれもまた良い。頭の後ろに両手を組み合わせている写真を見ると、二の腕の内側には波の額が彫られており、そこに桜が舞っている、その真ん中には大きな虎。自然に腕をおろしている写真を見ると二の腕の外側には鯉の上に黄色や青の百合の花があしらわれているが、その上に重ねて大きく黒い十字架が載せて彫られている。肩の部分に雲の額が彫られ、刺青はそこで切りあげられている。両腕以外にも、首、腹部、背中など多くの箇所にタトゥーを入れており、腹部の真ん中には、バスキアのデザインとして有名な王冠のマークが大きく刻まれている。

そんな彼女は2017年公開の映画、『ジョン・ウィック：チャプター2』にアレス役として出演している。二番手、三番手辺りのかなり重要な役を務めている。殺し屋の役であり常にスーツを着ているためタトゥーは見えていない。発話障害の役柄で手話を用いて会話をするのだが、その左手の甲にはもちろん犬の顔と思われるタトゥーが隠されることなく映っている。しかしそれよりもわかりやすいのは、同年に公開された『トリプルX：再起動』に出演しているルビー・ローズであるが、そこではタンクトップ姿で両腕と首のタトゥーを隠すことなく全てさらけ出して出演している。

ちょうど役柄とタトゥーを含めた彼女の個性自体が一致したのでもあろうが、問題はそこではないのだ。時代の変化に敏感な方々はもうお察しのはずだが、ハリウッド映画を観ればわかるとおり、特にアメリカでは、タトゥーも基本的に個人の特徴、個性、一部として見做されているということである。求めていたキャラクターと彼女の肌に彫られたタトゥーが偶然に一致したというよりも、タトゥーという個性を持つ彼女を、役者として単純に採用したのである。これが基本的な考え方だと思われる。『ジョン・ウィック：チャプター2』においても基本的に同じ考え方である。最も重要な演技力を重視した上で、役者としてルビー・ローズを採用する。彼女の右腕には殺し屋らしからぬ鉄腕アトムのタトゥーやミュータント・タートルズのタトゥー、また実際にはその他にもアニメのかわいいキャラクターのタトゥーがいくつか彫られていて、多少役柄に似つかわしくはない。しかし、そもそもスーツをバシッと着こなした役柄だったので、問題にはならなかったが、どうしてもストーリーの流れ上、タンクトップ姿で主役を演じるキアヌ・リーブスと戦うシーンが必要となれば、そのまま撮影を行ったであろう。体に施されたタトゥーはどれほどストーリーに似つかわしくなかろうと、俳優の個性であり、逆にそのふさわしくない個性を作品に取り入れるという姿勢である。つまり、キアヌ・リーブス演じるジョン・ウィックを殺そうとする刺客は、腕に多数のアニメのキャラのタトゥーを持つ謎の女だったという、一つの背景がそこに出来上がるにすぎない。そしてそれは物語に深みや味が生まれる瞬間でもある。これは私の行きすぎた捉え方とは言い切れない。実際、隠そうとすれば革の手袋などで隠すこともできたはずの、左手の甲のタトゥーを隠してないことからも考え方をこのように推し量ることはできる。これは日本には実に馴染まない考え方であり、役者がタトゥーを入れているなど、自ら仕事を無くしていることに他ならないだろう。役者は常にプレーンであり、やくざ役などで刺青が必要であれば、必要なデザインをペイントする。これが基本中の基本という考え方である。いわゆる個性派と呼ばれる、独特な雰囲気を醸しだす俳優の演技は許容されるが、タトゥー・刺青を代表とした取り返しのつかない肉体的個性の主張は認められていない。

以前、ＡＫＢ48に所属していた大島優子が、いつか時代劇に出るために、「一つもピアスの穴を開けてないいんですよ。」とテレビで言っていた記憶があるが、別にそれを悪いと言うつもりもないが、殊に刺青となれば、それは新たな表現の可能性のためにも、ぜひとも隠さずに時代劇などに出てほしいものだと私は思う。それが正統派を狙うNHKの大河ドラマだとしても、いや、だとすればなおさら、その様にして時代を切り開いていってほしいと思う。これは、単に私の趣味嗜好や思想の話に留まらない。実際、この実現は非常に意義深いことである。表現の新たなる地平だとか、日本におけるタトゥーに対する偏見の問題にも接触はするが、日本全体に漂う閉塞感を断ち切るには、もうこれくらい思いきった手段しか残されていないのではないかと思うのだ。日本は個性を嫌う。この文化はかなり根強く現代社会にもはびこっている。話をタトゥーから始めたが、最終的に言いたいことは、日本にタトゥーの文化を浸透させることでもないし、芸術の新たなる地平を開くことでもない。ただ、個人を救いたいのだ。もっと人は自由であっていいはずなのだ。私たちは何か大きなものに騙されている。人の目を気にし過ぎている。一度、自分でも恥ずかしくなるほど派手な服装で街中を歩いてみてほしい。オシャレかそうではないかは置いておき、道行く人々の服装のなんと地味なことか、無難なことか。イレギュラーな服装であったとしても、それは強いブランド力を持った服であるとか、パンクやロックなどの精神性を表す革ジャンであったりすることがほとんどで、常に何かゆるぎない外部のものに依拠しており、真に個性的でセンスのある人などほとんどいない（ここで私は、真っ赤なスーツに身を包む生まれつき盲目の老人を思い出すのだ。彼は言った。「男の人も、もっと、黒以外の洋服を着てみればいいのに。」、と。）。自由にふるまっているように見える人でも、ブランドだとか信念という小さな枠組みの中から出られていないのだ。

個性を全開に

今パソコンに向かってキーボードを打っている僕の両手には刺青が入っているのだが、特に注目してほしいのは、右の手の甲に彫った立方体のタトゥーである。9本の線分から成る何の意味もない立方体のタトゥーが手の甲にあることによって、僕は早稲田大学第二文学部卒業という経歴をふいにしている。それが立方体であろうが、四角であろうが三角であろうが丸であろうが、僕はまともではないというゆるぎないレッテルを貼られてしまったのだ。僕がこの日本でまともでなかろうが一向に構わないのだが、しかし、一応僕の話も聞いてほしい。手の甲に立方体のタトゥーが入っているせいで人生が破滅してしまうとしたら、早稲田大学卒業という僕の輝かしい経歴は、ただの飾りにすぎないではないか。つまり、本当に早稲田大学を卒業できるほどの能力が真に備わっているのであれば、その僕が手の甲の立方体のタトゥーごときに人生を台無しにされるはずがない。僕は僕自身を試しているのだ。早稲田大学卒という経歴を振りかざしてどこかの企業に就職して駒として働き、毎日刺激の少ない人生を送り安定した給料目当ての女と結婚して子どもをつくって育てて気がつけば定年退職する歳になり、退職金も年金も少なくて長年働いてきたわりにお金が無いような人生を送りたくはない。とにかくこの罠に嵌まりたくない。僕の立方体はその様な罠から僕を救ってくれるお守りでもある。しかしその反面、この罠に嵌まった多くの人々の生き方こそが一般的価値観であり、僕はまともな人間ではないというレッテルを貼られていろいろと大変な目に遭っていることにはなんの変わりもないのである。

僕の不安定な精神は、相変わらず今も続いている。先日も、コンビニエンスストアの中に入った途端、若い女性の店員から睨まれたような気がして、僕は踵を返そうとしたが、案の定、すぐに呼び止められた。若い女性店員は強気な態度で僕の目の前にやってくると、「ちょっと中まで来てもらえますか。」と棘のある言い方で僕に詰め寄ってきた。僕は丁重に断ると、彼女は周りの客に聞こえるような大きな声をわざと出して、「あなたが盗みをしているのはもうはっきりとわかっているんですよ。」と言いだした。奥のオフィスへ連れていかれると、例の明学前から引っ越してきたという店長らしき女性が、悲しそうな目をしてこちらを静かに見つめている。やはり、僕は盗みをしていたのだろうか。いや、そんなはずはない。一方、僕の隣に立っている眼鏡をかけた小太りのサラリーマン風の中年男性は、明らかに動揺しており、顔面蒼白で唇も青く、顔中に脂汗を滲ませており、小刻みに震えている。どうやらこの男にも盗みの容疑がかかっているらしい。彼が動揺しているのは、本当に盗みをしてしまい、それが見つかって今後どうなってしまうのか怖くて混乱しているのか、それとも僕と同じように濡れ衣を着せられ、気の弱さからパニックになってしまっているのか、どちらなのかはわからなかった。僕らは先程の若い女性店員に促されるままに、彼女の後ろをついて歩き、再び店内に戻ると、レジカウンターには長い列ができていた。客たちが僕らの方をジロジロと見てくる。僕と一緒にいる中年男性が、今にも泣きだしそうな顔で歩いているので、数人の不良っぽい若者たちがからかってきた。「え、なに？　お前ら盗みでもしたのー？」「お前らのせいでレジがこんなに混んじゃってるじゃん。」「何盗んだの？」「まあ、元気出せよ。」とそんなことを口々に言ってくる。

僕らはコンビニを出て、てっきり交番に連れていかれるものと思っていたが、女性店員に連れて来られた場所は、市民センターのようなところだった。白塗りの古ぼけた建物の中に入っていくと、そこは建物の外観とは不釣り合いなほど近代的な造りで、動物の角のような形をした数本の大きなオブジェが壁の一面から突き出している。「何かがおかしいぞ」と僕は思い始めた。市民センターのロビー内にはクラシック音楽が流れ、ガラス張りの窓からは緑の美しい中庭が見える。まったくもって市民センターに似つかわしくない。かと思いきや簡易なパーティションがロビーの隅っこに置いてあり、その向こう側へ、女性店員が中年男性を連れていく。しばらくして女性店員がこちらにやってくる。中年男性の所在は不明だ。僕は女性店員の手を握りこちらへ引き寄せた。そして僕たちはクラシック音楽に合わせてクルクル踊り、すると女性店員は興奮のあまり角のオブジェに両手でぶら下がり、勢いをつけて思い切り足を振り上げ、両足を大きく開いた。

その日の夜11時ごろ、僕はiPhone Xに収めてある写真を眺めていた。僕のiPhone Xには、今日2枚の写真が追加された。目の写真は黒目の大きなにこやかな写真で、建物の写真は、打ちっぱなしのコンクリートの冷ややかな写真だ。そして僕はふと思い出すのだった。歯科助手のお姉さんがこっそりと恥ずかしそうに僕に言った言葉を。

「その素敵な目の写真を撮らせてもらえませんか？」

「……カラコンですけど、いいんですか。」


「はい、9時になりました。みなさん、おはようございます。今日は10月25日、木曜日、朝礼を始めます。」

今日が何月何日何曜日なのか、課長の大谷さんは必ず押さえるのだ。代理の人が朝礼を行う際それは必ずしも確認されるわけではないのだが、僕はこの習慣を心地よく感じる。そして朝礼が終わると大谷さんはその場を去り、課の担当責任者である林さんが次に話し始めた。

「みなさんすでに周知しているとは思いますが、本日から新しい方が業務に加わります。お名前はスズキヨシホさんです。隣のブースで研修を行っていますので。」

今日も業務は忙しいかもしれない。「今度のお方は長続きするといいですね。」、僕がそう言うと、「スズキさんは期待してよいと思いますよ。もう会った瞬間に、あ、この人で決まりだなって、そういうのってわかりますよね、物腰とか、雰囲気とかでね。」しかし林さんが「わかる女」ではないことを僕は物腰とか、雰囲気で感じている。もちろん数日後にスズキさんは辞めていった。

「喫煙室は昼休みのみ利用可能です。10分休憩では喫煙は許可されていませんからね。よろしくお願いします。」これがスズキさんが辞めた理由だと林さんは主張するが、林さんの言い逃れなどに興味はない。「60分の休み時間には吸ってよくて、10分の休憩には吸ってはいけない煙草ってなーんだ?」答えられなかったらぶっ殺すからな。こめかみの血管がピクピクするのを感じる。

実家の母親との電話での会話。

「舞ちゃんがね、今度結婚するっち。」

「はぁ? あんなアホ、もらいておらんやろ。どんな男なん?」

「いやぁ、それがねー、きしっとしたまともな人やったよ。」

「いや、ちがうやん、そんなわけないやん、あんな非常識なアホと結婚するまともがどこにおるんよ。言葉の上にも矛盾があるやろ。」

「また始まった。」

僕のいとこである舞とマトモは結婚して2ヵ月後、舞は泣きながら実家に帰ってきたという。それから数ヵ月後、舞の妊娠＋旦那の鞄に育児雑誌＝「やっぱりいい旦那さんやん。」一生続けてろ。


心理カウンセリングにて心理カウンセラーとの会話。

「なんかね、俺の彼女の歯科クリニックで、ピアスは耳朶に1個しか着けちゃいけないんだって、ねぇ、それ何のためなの？　何の意味があるの？　不快感を与えるってこと？　じゃあブスとばばあはみんなクビにしろよ。」

「でもあなたは医療関係者じゃないでしょ？」

「そういう問題じゃねぇンだよ、くそジジイがぁぁぁぁぁ！！！！！」

過呼吸の発作が起きて、周りの言葉にうん、うん、と返事をしているうちに気づけば僕は救急車に乗せられていた。警察も来ている。被害者である先生は暴行を働いた僕を訴えるつもりはないと言っているらしいが、警察は一応加害者である僕から事情聴取をしたい様子で、医者はもう少し彼の病状が良くなってからにしてくれと、ドラマでよく見るやり取りをしているのが病室の中まで聞こえてくる。

色白の看護師さんが僕の病室にやってきて、右腕に点滴を打ってくれた。僕の腕の刺青を興味深そうに眺めている。

「デザインってどうやって考えるの？」

「うん？」

「指にタトゥー入れるのって、いいよねぇ。」

「好きなの？」口に当てていたビニール袋が口に吸いつく。

「うん、タトゥーのデザイン集の本とか持ってるの。」

「へえ。」

「タトゥー入れたいけど、まあ、無理だけどね、仕事してるし。」と彼女は笑った。

「仕事上見える部分に入れられないなら、太腿がお勧めだよ、完全に自己満足のためだけどね。」と言いたかったけど、僕はその言葉は言わなかった。

人の人生に影響を与えたい。でも、彼女を覚醒させてしまえば、彼女は狂人さながらに苦しむことになる。入れ違いに警察がやってきた。どうしても警察は僕から話を聞きたいらしい。

「監視カメラの映像を見たが、スパゲティを盗んだのは君じゃなかったよ。」その言葉の直後、僕の彼女が息を切らして病室に駆けつけてくれた。

それぞれの課題

"I'd rather be hated for who I am, than loved for who I am not."

この英文が4行に亘ってデカデカとプリントされた白いTシャツを僕の彼女が着ていた。その姿を見た瞬間、僕の目がその文章を読んでいる動きをしていることに彼女はすぐに気がつき、ちょっとやめてよぉ、という仕草で恥ずかしそうに彼女が後ろを向くと、Tシャツの後ろにはKurt Cobainと書かれていた。

表の英文は、「偽りの自分を愛されるくらいなら、本当の自分を嫌われた方がましだ。」くらいの訳でとりあえずいいだろう。全くその通りだ。人に読まれて恥ずかしいようなことは何も書かれていないが、彼女がとっさに恥ずかしがったのは、そこに書かれている言葉の意味がわかっていないからに他ならないことは明らかだった。プリントされた英文の意味を理解せずにTシャツを着ていることは、日本人にはよくあることである。それに彼女はもう恥ずかしがっているのだから、それ以上追及する必要もなかったのだが、僕はどうしても問い質してみたくなってしまったのだ。Tシャツを購入する時に、デザインで決めてしまう気持ちはわかるが、これだけ大きくプリントされている文章の意味が気にならないのかと。言い方を少し間違えれば相手を怒らせてしまうことは間違いないので、丁重に言葉を選び、声のトーンや表情にも気を付けながら聞いてみた。すると彼女は、もちろん気になるけど、このTシャツは大丈夫だと思った、と答えた。このTシャツに書かれていることは、何かカッコいいことが書かれていると思ったと言うのだ。まあ、確かにその勘は当たっているのだし、せっかく彼女を怒らせないことに成功したのだから、もうこれ以上質問しない方が良いに決まっている。しかし何故そう思ったのか、やはり聞きたいではないか。だが僕は直接的な言い方は避けた。「それ、カート・コバーンの言葉みたいだよ。」と彼女に伝えると、「うん、それはわかってる。だからこの文章はなんかカッコいいことが書かれてるんだろうなと思ったの。」という返事が返ってきた。なるほど、それならまあだいたい的を射た回答だと納得することにした。彼女はニルヴァーナが大好きであったから、カート・コバーンの言葉だとわかっているのなら、それだけの理由でこのTシャツを買ったことも別に不思議ではなく思えた。大好きな人の言葉なんだから、どんな言葉であれ受け入れられるのは自然だし、カート・コバーンの言葉という時点でカッコいいことは確定なのだから。しかしそれにしても、Kurt Cobain は読めたんだな、とほんの少し不思議に思いながらも、その疑問は心の内にしまっておいた。そりゃ当然読めるか、大好きなカート・コバーンの名前なんだからな、とそれ以上の穿鑿《せんさく》はやめておいた。

数日後、彼女と2人でGUへ行くと、Kurt Cobain の件でわずかに心に残っていた疑問はすっきりと解決されることとなった。カート・コバーンの写真がプリントされた数種類のTシャツとともに、先日彼女が着ていた白いTシャツもここで売られていたのだ。僕はその光景を見ると同時に心の底から納得の吐息をもらしたと思う。彼女にはとても失礼なことではあるが、やはり心のどこかで、Kurt Cobain の文字だけがすらっと読めたことを訝しんでいたのだろう。しかし、この状況を見れば疑う余地は一切ない。要するに、彼女はGUでカート・コバーンのプリントTシャツのコーナーを見つけ、デザイン性の観点からなのか、敢えて文字だけがプリントされているTシャツを選んだのだ。カート・コバーンだとわかっていれば、Kurt Cobain の文字も「カート・コバーン」と読めるだろう。そしてそこに書かれている文章は、カート・コバーンの言葉であるに違いないだろうから、「この文章はなんかカッコいいことが書かれてるんだろうなと思ったの。」というのも頷けるのであった。

僕は今ここで、非常に分かりやすく事の次第を書き綴ってきたと思うが、それとは別の意味で、僕はなんて文章が下手なのだろうと肩を落としてもいるのだ。なぜなら、それは説明するまでもないことではあるが、ここまでを読んだ誰もが僕の事を誤解するに決まっているからである。たかだかちょっとした英文が読めたくらいで、何をそんなに偉そうに、としか思われないだろう。これくらいの英語が読める人間は1人や2人ではないのだ。

しかし、ちょっと待ってほしいのだ。僕が言いたいことはまだほとんど何も言えていない。僕が言いたいことは、もっともっと、世の中の本質的なことであり、そのためにはまず日常の極めて表面的な所から案内していくしかないと思われたからである。しかし、だからと言って、英語の読めなかった彼女のことを馬鹿にする必要はないじゃないか、と思われるかもしれないが、それがそうではないのだ。もしそうならば、僕だってわざわざ人を小馬鹿にしたような話から始めるはずがない。重要なことは、二点ある。一つは、"I'd rather be hated for who I am, than loved for who I am not." という言葉の意味自体であり、もう一つは、その意味を分からずに彼女がTシャツを購入し着ていたという事実なのであるが、何がどう重要なのか、少々説明を要するだろう。

まずこの英文の意味についてだが、それは冒頭に述べた通り、「偽りの自分を愛されるくらいなら、本当の自分を嫌われた方がましだ。」という訳で良いと思われるが、問題は、一体どれだけの人が本当にこの言葉の信念どおりに生きているのか、ということなのである。つまり、このTシャツには、「偽りの自分を愛されるくらいなら、本当の自分を嫌われた方がましだ。」と書かれてあり、（その意味を知ってか知らずか）人々はその文章を「かっこいい」と思い買っているのである。だがその一方で、現実にこのような「かっこいい」生き方をしている人間はごく少数であり、このような生き方をしていれば、むしろ忌み嫌われることとさえ少なくはない。このような矛盾があるのだ。この矛盾を明らかにするには、"I'd rather be hated for who I am, than loved for who I am not." という言葉の意味をまずしっかりと押さえておくことが重要なのである。「偽りの自分を愛されるくらいなら、本当の自分を嫌われた方がましだ。」と書かれたTシャツはみな着るが、実際にそのような生き方をしている人間は少数であり、またそのような人間は、今まで説明してきた通り、実際には世の中から排除される傾向にある。

そして特に重要なのは次に挙げる二点目なのであるが、これは幾分説明するのが難しい。それは、私個人の感覚的なことに言及しなければならないからである。順を追って説明すると、実は私も、彼女と似たような経験があるのだ。まず私の右腕を見てもらいたい。右前腕の内側に、UNABLE TO STING HER OR FLY AWAYという文章が彫られているのだが、私はどうやら、この英文を誤って理解していたようなのだ。間違ってしまった原因はORの訳し方にあった。最初、私はORという接続詞を単体で「さもなければ」と読んでしまい、「彼女を苦しめるな、さもなければ、どこかへ行ってしまえ」という意味で解釈していたのだ。だがこの文章におけるORは、[否定文で]…も…も（ない）という用法であることに気づかなければならない。従って正解は、「（俺は）彼女を苦しめることも出来なければ、遠くへ行くこともできない」という訳でだいたい合っていると思うが、「彼女を苦しめるな、さもなければ、どこかへ行ってしまえ」と「(俺は)彼女を苦しめることも出来なければ、遠くへ行くこともできない」とでは、全然意味が違ってくる。ほぼ真逆の意味である。前者の誤訳の方は、読んで字の如くだが、もっと簡単に言えば、「彼女を守ってやれ」くらいの意味になる。一方、正しい訳の方は、少々芸術的な表現であり、様々な解釈が可能な文章であるが、私の解釈は、以下のとおりである。「俺という存在は、彼女を苦しめることも出来ない、そのくせ、俺は彼女から離れることもできない」、つまり、「俺という存在は、彼女を苦しめることもできないほど、プレーンな、ただ生きているだけの人間だ、そのくせ、俺は彼女から離れることもできない」。さらに、fly awayを「遠くへ飛んでいく」＝「死ぬ」と解釈すると、「俺という存在は、彼女を苦しめることもできないほど、プレーンな、ただ生きているだけの人間だ、そのくせ、死ぬこともできない」となる。この文章は、人間の存在の本質を称えるものだ。「人間が自分らしく生きていれば、彼女が苦しむのは当然だ、しかしそんな生き方もできないくせに、俺は死ぬことさえできないでいる」、と私はこのように解釈している。しかし、先に述べた通り、私は最初この文章を誤って理解していた。しかも、なんとなく自分の訳に自信が持てないままに、右前腕の内側にこの文章のレタリングタトゥーを入れたのだ。なぜなら、この文章はバスキアの残した言葉だからであり、「なんとなくかっこいいことが書かれているに違いない」と私も彼女と全く同じことを思ったのだ。しかも彼女はTシャツを着ているだけだが、私は体に彫ってしまったのだ。

それで結局何が言いたいのかと言うと、人間は、今の自分に足りていない言葉を、直感的に選ぶ傾向にあるのではないか、ということである。つまり、私の彼女にとっては、"I'd rather be hated for who I am, than loved for who I am not."という生き方が今後の人生における課題であり、私にとってはUNABLE TO STING HER OR FLY AWAYという言葉が、今の自分をさらに成長させてくれる言葉なのだと思うのだ。確かに、私たちは最初、これらの言葉の意味をちゃんと分かってはいなかった。しかし、人間の嗅覚というものは凄いもので、意味など分からなくても、「かっこいい」もの、今の自分に足りていないものを、きちんと見つけることができるのだ。従って、「書かれている言葉通りの生き方なんて、全然できてないじゃん。」という批判はお門違いで、むしろできていないからこそ、人はその言葉を求める。要するに、そういうことなのだ。そして、"I'd rather be hated for who I am, than loved for who I am not.〟という生き方は、日本全体の課題でもあるということだ。

＊＊＊

「殊に刺青となれば、それは新たな表現の可能性のためにも、ぜひとも隠さずに時代劇などに出てほしいものだと私は思う。それが正統派を狙うＮＨＫの大河ドラマだとしても、いや、だとすればなおさら、その様にして時代を切り開いていってほしいと思う。」と先に述べた。相当な苦情は来るかもしれないが、正直、それを気にしていても仕方がない。そういった人々は、世の中の変化についていけない、自分の理解できないことは全否定する連中にすぎないからだ。そういった種類の人間からは、結局人は離れていく。だからそのような人々の意見など気にしていても仕方がないのだ。

一方で、比較的かわいい顔をした女の子が道を歩いていて、僕の横を今日も通り過ぎていく。かわいいという理由だけでなく、あまりにも貧乏じみた、悲壮感漂う顔のせいもあって、僕はまた振り返ってしまった。やはり、この国は何か間違えていないか、強い思い込みに支配されていないか、結局あの子、ビルの14階から飛び降りちゃったよ。おまえらうるせぇからさぁ、あの子、部屋を飛び出して、上の14階から、飛び降りたんだよ!!

自由の返還と、自由への帰還

そんな譫言を止められなくなった僕は、実家に帰省していた際に発狂したように家中を暴れまわり、花瓶をひっくり返し、タイルを割り、仏壇に置かれた木の仏像を投げ飛ばし、自分の体をカッターで切りつけたため、とうとう2019年8月21日、精神科に入院させられることになった。

僕はもう自由を取り上げてほしかった。

自由を求めすぎたが為に心を崩壊させ、壊れていく運命を辿ってしまった。

僕は入院着を着たかった。

しかし、不思議なことに、そこの病院では誰一人として入院患者が入院着を着用してはいなかった。どんなに呆けているおばあちゃんであろうと、私服のパジャマを着ていた。それはもちろん、シルクで出来たような立派なパジャマではない。かなりの安物であることは一目瞭然なのだが、どの患者も私物のパジャマを着ていたり、Tシャツやアクセサリーを身に着けていたり、みな思い思いの格好をしているのだ。こんなところで、こんな自由は必要だろうか。僕がずっと主張していた個性や自由の尊重は、こんな小さい空間に、辛うじて息づいているのであった。そんな現場を目の前にして、僕は乾いた笑いを顔に浮かべながら、頭痛を感じた。こんなところには一秒たりともいたくないと思った。見ていられなかったからだ。僕が望んだ自由は、こんなどうでもいい自由ではない。ふざけるな。"I'd rather be hated for who I am, than loved for who I am not!!!!!!!" 聞こえないのか？　カート・コバーンのギターの轟音が！　そして一発の銃声が！　精神科病棟に死にかけの自由が息づいていたって、しようがないだろ！

僕は無理を言って翌日には退院させてもらった。外気温は40℃に近い灼熱の夏。タンクトップ姿で肩から刺青の入った姿が、病院の窓ガラスに映る。精神科病院から出てきた私は、迎えに来てくれていた母親の運転で家に戻って行った。

２０１９年3月26日に入れたバスキアのUNABLE TO STING HER OR FLY AWAYというレタリングタトゥーの意味は、まだその時、僕は間違って理解していた。僕がその間違いに気が付いたのは２０２０年4月21日のことだ。

精神科病院からの帰り道、僕は助手席に座り、虚ろなまなざしで田舎ののどかな景色を眺めていた。カーステレオからは井上陽水の『最後のニュース』が流れていた。「飛行船が赤く空に燃え上がって　のどかだった空はあれが最後だったの」と歌詞を口ずさみ、道端を歩いていた小さな女の子を見つけ、僕は思わず振り返った。

あとがき

SPECIAL THANKS FOR…フリスト・フリストフ、伊藤美誠、出口クリスタ、芳田司、嘉納治五郎、樋口泰人、クエンティン・タランティーノ、橋下徹、二宮信吾、片山萌美、石井優希、イマヌエル・カント、聖ヨハネ、神、ローレンス・スターン、広瀬すず、大鶴義丹、大鶴肥満（ママタルト）、マルシア、エスター・エスポーシト、MESS AROUND、百々和宏（MO'SOME TONEBENDER）、ルビー・ローズ、キアヌ・リーブス、大島優子、真っ赤なスーツに身を包む生まれつき盲目の老人、カート・コバーン、バスキア、井上陽水、目の写真を快く撮らせてくれたG通り歯科クリニックのお姉さん、さくらちゃん、MISFITS… and MY MOTHER!!!!!

参考文献

『純粋理性批判』、『実践理性批判』、『判断力批判』　カント
『聖書』（日本聖書協会、聖書協会共同訳）

（P87）
子供の年齢別平均身長（女子）10歳（小学4年生）
https://www.suku-noppo.jp/data/average_height_girl_10.html

著者プロフィール

ミツナガ アキヒロ

1984年、福岡県北九州市生まれ。
2008年3月、早稲田大学第二文学部卒業。
2012年3月、北海道大学大学院文学研究科修士課程修了。
その後、主にロシア語翻訳とバンド活動を行う。
2020年10月に、文芸社より『実験的妄想小説集』を全国出版した。

制作協力
カバーイラスト・題字　鞠絵

MISFITS

2022年9月15日　初版第1刷発行

著　者　ミツナガ アキヒロ
発行者　瓜谷 綱延
発行所　株式会社文芸社
〒160-0022　東京都新宿区新宿1－10－1
電話　03-5369-3060（代表）
03-5369-2299（販売）

印刷所　株式会社暁印刷

ISBN978-4-286-23695-7　JASRAC 出2204845－201